PREMIÈRE SAISON

Harrisburg Railers - Tome 2

RJ SCOTT

V.L. LOCEY

Première Saison Harrisburg Railers 2

Copyright © 2019 RJ Scott,

Copyright © 2019 VL Locey

Couverture par Meredith Russell

Traduction de l'anglais : Bénédicte Girault

Relecture et corrections : Clotilde Marzek, Yvette Petek

Première Saison Harrisburg Railers 2

Copyright © 2019 RJ Scott,

Copyright © 2019 VL Locey

Couverture par Meredith Russell

Traduction de l'anglais : Bénédicte Girault

Relecture et corrections : Clotilde Marzek, Yvette Petek

ISBN: 9781785646478

Dédicace

À Rj – alias l'autre moitié des Wonder Twins – pour remplir mes journées de rires, d'amitié et d'un nouvel amour pour le crafting que j'avais cru perdre. À Jean, Ellie, Cathy et Kathleen pour me calmer et me soutenir. Et, bien entendu, à mon mari et ma fille qui ont été à mes côtés tout au long de l'année qui ne devra pas être nommée. Mes remerciements à vous tous pour m'avoir guidé vers la joie des mots - V.L. Locey

À Vicki, pour trois semaines d'amusement et pour m'avoir fait rire si fort à propos des plus « jumeaux » des choses. À tous mes compatriotes amateurs de hockey, aussi dégoûtés que moi que nous devions attendre jusqu'en octobre pour que la saison reprenne. Et, comme toujours, à ma famille - R.J. Scott

Notre reconnaissance à Meredith pour sa belle couverture, à Rebecca, pour faire en sorte que nos romans soient beaux, à Rachel, pour nous démêler et à notre armée de relecteurs pour leur travail acharné.

Newsletter

Inscrivez-vous pour suivre les sorties des romans en français.

rjscott.co.uk/NL-FR

Notes

Fox : Renard en anglais

PREMIÈRE *Saison*

— HARRISBURG RAILERS 2 —

RJ SCOTT & V.L. LOCEY

Love Lane Books

Chapitre Un

Layton

IL S'AVÉRA QUE CE FUT LE PIRE JOUR DE MA VIE. PIRE encore que la fois où l'équipe de football avait décidé de me coincer dans un casier, puis de refermer la porte.

Tout avait pourtant bien commencé. Ma nomination auprès des Railers était mon troisième emploi depuis mon départ de l'université et mon choix de me spécialiser en gestion de crise. Appelez-moi un conseiller en communication ou un spécialiste du marketing, cela importait peu, j'étais là avec mon brillant diplôme en affaires dans ma poche, afin de résoudre un problème en utilisant les médias sociaux, des formations et une planification minutieuse.

— Nous voulons vous engager, mais êtes-vous gay ? avait demandé l'appelant lorsqu'il m'avait contacté.

Il ne pouvait pas vraiment me poser cette question, néanmoins, à ce moment-là, avec des factures à payer, j'ai formulé ma réponse de manière bien plus étayée qu'en laissant seulement tomber un « Putain, c'est quoi ça… ? »

— Je ne vois pas dans quelle mesure ce détail est pertinent, avais-je dit.

L'homme à l'autre bout du fil, qui ne s'était même pas identifié, m'indiquant seulement qu'il travaillait pour une équipe de hockey, avait soupiré bruyamment.

— Bordel, je n'en sais rien, avait-il répondu. J'ai juste besoin de quelqu'un qui pourrait nous aider à traverser ça.

Alors, je lui avais demandé ce qu'il voulait dire, et au moment où il avait littéralement perdu les pédales quant à la bienséance ou de savoir si, oui ou non, il pouvait utiliser le mot « homosexuel » dans un communiqué de presse, j'avais décidé de lui accorder le bénéfice du doute.

— Je peux gérer votre problème, l'avais-je rassuré. Vous avez besoin de moi.

Je me moquais bien de la façon dont je l'obtenais, je savais simplement que j'étais la meilleure personne pour ce poste.

Il m'avait alors informé qu'il était le directeur général de l'équipe de hockey des Railers, et même si mon cœur s'était effondré et que ma poitrine s'était serrée, je devais le faire. Une équipe de hockey, un joueur sortant de son placard – c'était un client de grande valeur.

J'avais effectué des recherches après l'appel. Je ne regardais pas les matchs de hockey, toutefois, je connaissais un peu ce milieu et c'était en gros une bande de sportifs sur des patins. Non ? Il fallait qu'on leur dise quand parler ou non, ce qui était approprié ou non. Je pouvais le faire. Ajoutez à cela le fait que je gèrerais le premier coming-out officiel dans le monde du hockey, et que cela contribuerait à faire ou à défaire ma carrière. Je pourrais devenir un expert en gestion de crise dans le domaine du sport.

L'ironie de la situation ne m'avait pas échappé, étant donné mon passé.

J'ai déjeuné, enfilé mon nouveau costume, une chemise blanche impeccable et d'une toute nouvelle cravate bleue assortie aux couleurs de l'équipe. J'avais rasé ma barbe de bûcheron et mon chignon avait disparu. Je me sentais un petit peu nu, cependant je voulais être pris au sérieux et ce qui avait l'habitude d'être sexy et stylé était désormais la cible de blagues. Je ne voulais pas être la cible de plaisanteries.

Honnêtement, je croyais avoir pensé à tout.

Excepté…

Entrer dans l'East River Arena, domicile de l'équipe de hockey des Harrisburg Railers m'avait fait paniquer. C'était l'odeur, je suppose, et l'immense étendue des sièges. Je pouvais imaginer les cris, les moqueries, l'excitation et tout cela forma une boule de peur en moi.

Les sportifs. Je peux les gérer. Ce sont des adultes à présent et je ne suis plus le même gamin ringard que jadis.

Pourtant, cela ne m'empêcha pas de renvoyer mon petit-déjeuner dans les premières toilettes que j'ai pu trouver dans le couloir, en venant du garage. Au temps pour le fait de manger afin de me procurer de l'énergie. J'étais lessivé, m'accrochant au trône de porcelaine, et souhaitant que je puisse reprendre le contrôle de mes nerfs. J'avais eu deux clients avant cela, de grosses sociétés avec des problèmes intéressants, où mes conférences sur la sensibilisation avaient bien été reçues. Je pouvais gérer des commentaires rudes, des tweets minables, des discussions sur Facebook à propos de merdes inappropriées, toutefois, il s'agissait alors d'entreprises clientes dans leur ensemble, pas de joueurs de hockey.

Là, c'était eux et moi.

Seuls.

Discuter en tête à tête avec des joueurs de hockey et le réseau de soutien qui les entouraient pour leur expliquer qu'il était acceptable qu'un des leurs couche avec leur entraîneur. De plus, le fait d'être gay était bon, que l'amour était l'amour et... oh, ouais, pouvaient-ils cesser de tweeter des conneries à propos de ce qui concernait les genres, la politique, et l'orientation sexuelle, pour ne nommer que trois points sur ma liste ?

Ces types étaient des sportifs. Bien payés, avec toute une armée de fans qui s'accrochaient à chacun de leurs mots. Le capitaine avait plus de quatre-vingt mille followers sur Twitter, principalement parce qu'il semblait être le plus grand amateur de relations sexuelles sur patins. Il avait posté beaucoup de tweets avec des vidéos de lui à moitié nu. Sans oublier de mentionner l'Instagram de Ten, qui était nouveau, mais qui avait déjà connu une explosion de followers, probablement pour la même raison : il était sexy et un patineur. J'avais remarqué les liens vers de nombreux sites web présentant les hommes jugés les plus sexys du hockey. Sans même le savoir, Ten et le capitaine de l'équipe étaient probablement des icônes gays. Allez comprendre.

Et c'était précisément pour Ten et son petit ami que j'étais là. Ten était le fer de lance de l'équipe des Railers, l'un de ces joueurs qui se démarquaient dans la Ligue Nationale de Hockey. Du moins, c'était ce qu'indiquaient les communiqués de presse. Tout ce que je voyais, c'était un homme gay qui avait fait son coming-out dans un environnement sportif hostile et c'était ce à quoi je devais faire face.

Ten, le joueur de hockey, et son partenaire, Jared, entraîneur, entretenaient une relation engagée et exclusive et je devais faire comprendre aux gens que c'était normal. D'accord ? Une bonne chose.

Je peux le faire. Je suis fort. Je ne serai plus malade.

Je détendis chacun de mes muscles crispés et déglutis, en dépit de la sécheresse présente dans ma gorge. Aujourd'hui, tout allait bien se passer. Pourquoi quelque chose irait mal ? J'avais préparé ce dont j'avais besoin et effectué suffisamment de recherches sur l'équipe pour connaître le personnel, si ce n'était pas le hockey en lui-même, je n'avais rien pu faire d'autre en une semaine, depuis que j'avais été contacté pour ce travail. J'avais même un bureau, apparemment.

Donc, j'avais vomi, beaucoup de gens tombaient malades avant des évènements importants. Je pouvais gérer le fait de ne pas me sentir bien.

Ce qui correspondait exactement au moment où la situation avait encore empiré. Je tournai le robinet afin de me laver les mains, et la fichue pression était trop forte et éclaboussa mon pantalon. Je fis un bond en arrière, choqué et horrifié, et je me cognai à la porte d'une stalle, l'impact de mon poids supporté par ma hanche gauche.

— Merde ! jurai-je avant de fermer le robinet.

Il n'y avait pas de séchoir à mains, juste des essuie-tout, et je tamponnai mon pantalon, douloureusement conscient que ma première rencontre avec la direction de l'équipe aurait lieu dans dix minutes.

J'essuyai les taches d'humidité, puis réalisai que des gouttes avaient éclaboussé ma sacoche également. C'est à ce moment-là que je me suis demandé si la matinée pouvait s'aggraver.

Ce qui fut le cas quand la porte s'ouvrit et que je sursautai, surpris, pour faire face au nouveau venu, ma mallette tourbillonnant aussi pour frapper l'homme à la cuisse.

— Seigneur ! crachai-je, en colère contre moi-même, avant de lâcher un petit « je suis désolé ».

Grand et Grognon me regarda, en état de choc, les muscles contractés, se frottant la cuisse.

— C'est quoi ce bordel ? fut tout ce qu'il dit.

Il portait un tee-shirt des Railers, toutefois, je ne me souvenais pas de lui, suite à mes recherches. Donc, s'il était un joueur, il ne pouvait pas être l'un des grands noms que je devais connaître. Peut-être était-il un entraîneur ?

— Désolé, répétai-je.

Il me dévisagea, puis m'examina de la tête aux pieds, avec un regard très prudent, empli de dédain. Ou du moins, je crus qu'il se montrait dédaigneux, il me fixa pendant un moment comme s'il était en train de m'évaluer, ce qui était impossible étant donné que nous nous trouvions dans l'enceinte d'une arène de hockey. Il était superbe – yeux bleus, cheveux roux stylisés, mais doux, une mâchoire carrée et un corps large.

Puis, le mépris, ou peu importe ce dont il s'agissait, se transforma en un clin d'œil sournois et il fit un signe de la main en direction de mon entrejambe.

— Hey, mon pote, tu aurais peut-être dû prendre le temps de faire une pause toilette plus tôt si tu as une vessie aussi minuscule. C'est juste mon avis.

Je clignai des yeux, ne sachant pas quoi répondre. Je veux dire… je me tenais là et devais-je m'expliquer au sujet du robinet, de l'eau, d'être tombé contre la porte de la stalle, ou encore que je venais de renvoyer mon petit-déjeuner ?

Je ne pouvais rien dire. Je ramassai ma veste sur la petite table installée près de la porte, passai devant lui et sortis dans le couloir. Quelques secondes plus tard, je me trouvai devant la porte marquée « Personnel » et appuyai sur le bouton pour entrer.

— Railers Hockey, annonça une voix à travers l'interphone encastré près de la porte.

— Layton Foxx, répondis-je, apercevant le type des toilettes qui avançait dans ma direction.

La porte cliqueta, je la poussai, la refermant rapidement derrière moi, espérant que cela me laisserait le temps de respirer.

Une petite femme attendait avec un sourire accueillant aux lèvres et me tendit la main. Je la serrai, réalisant au dernier moment que la mienne était toujours moite.

— Jane Monroe, assistante personnelle de Felix Cote, le propriétaire de l'équipe.

Elle ne réagit pas à l'humidité de ma main, mais lorsque je l'écartai, j'étais énervé.

— Désolé, j'ai eu un problème, commençai-je, avant de me racler la gorge qui était irritée après mes vomissements. Avec le robinet des toilettes.

Je fis un léger signe vers mon aine.

Ses lèvres se contractèrent et elle sourit.

— Par ici, Monsieur Foxx, la direction vous attend.

Ma vie est foutue !

Ma journée ne s'était pas beaucoup améliorée. L'équipe de direction s'était montrée nerveuse, crispée, agitée et inquiète à cause de la situation dans son ensemble. Je n'avais pas vraiment eu l'impression qu'ils avaient un problème avec le fait d'avoir un joueur de hockey gay, mais plutôt avec le résultat net de leurs revenus.

L'objectif était de soutenir Ten et Jared tout en s'assurant que les recettes ne soient pas affectées.

Génial, rien de tel que de déplacer les poteaux du but lors de ma première journée et de fixer des attentes irréalistes.

Au moins, Felix Cote s'était montré favorable. J'ai toujours pensé que les changements qui intervenaient dans n'importe quel groupe devaient être soutenus par les personnes au sommet. Il avait fait des commentaires voilés sur la façon dont les choses se déroulaient « à son époque » toutefois, je pouvais travailler avec ça.

Tennant Rowe et Jared Madsen allaient faire ma carrière ou la détruire totalement, c'était évident. Et là, en les regardant assis en face de moi, et vu la manière dont ils se penchaient inconsciemment l'un vers l'autre, cela m'inquiéta. En tant qu'homme gay qui était « out » auprès de sa famille et de ses amis depuis qu'il avait seize ans, je ne pouvais pas imaginer ce que cela devait être d'avoir à cacher qui vous êtes, mais là, il s'agissait d'un terrain de jeu dans le milieu du sport professionnel, sans jeu de mots.

Ces deux individus – un entraîneur de l'équipe, et un joueur de hockey professionnel dans sa prime jeunesse – étaient tombés amoureux. Non seulement ça, mais ils avaient décidé qu'il était temps de faire leur coming-out, et les Railers m'avaient engagé pour gérer les retombées.

Parce qu'il y en aurait, c'était certain.

— Cela viendra de toutes les directions, déclarai-je.

Tennant fronça les sourcils. Ses émotions étaient clairement visibles sur son visage. Il était en colère, sur la défensive, effrayé, heureux, optimiste, pessimiste, le tout, dans un horrible désordre. Le seul point que je pouvais comprendre était qu'il était éperdument amoureux de Jared et totalement convaincu de ce qu'il voulait faire.

— Poursuivez, indiqua Jared, et il entrelaça ses doigts à ceux de Ten.

Ils pouvaient le faire ici – nous étions seuls, juste nous trois, la porte était fermée et il n'y avait pas de caméras. Cependant, c'était la première chose qu'ils avaient besoin d'accepter.

— Vous devrez faire attention avec vos démonstrations d'affection en public.

Je remarquai alors deux réactions très différentes. Jared semblait résigné et hocha la tête, mais Ten se hérissa et montra le début d'une véritable indignation. Je savais ce qu'il allait dire et je le coiffai au poteau.

— Cela ne devrait pas avoir d'importance, repris-je, choisissant mes mots avec soin. Toutefois, ce ne sera pas facile. Il y aura des fans religieux qui décideront que vous allez à l'encontre des enseignements de Dieu, jusqu'aux parents qui ne veulent pas que leurs enfants soient exposés à un comportement non hétéronormatif. Le spectre des réactions sera varié. Vous aurez des défenseurs de votre côté, l'équipe, la direction et des fans qui s'en foutront totalement de ce que vous faites en privé, tant que Ten marquera des buts.

— Nous le savons, intervint Jared.

— Nous n'avons pas à aimer ça, indiqua Ten, son ton était inquiet.

Il avait l'air misérable et s'appuyait complètement contre Jared.

Je farfouillai dans les papiers étalés sur mon bureau, les alignant afin de me laisser le temps de réfléchir. J'avais déjà géré des clients personnels auparavant, les avais polis comme un produit, réglant chaque instant jusqu'à ce qu'ils aient appris comment agir en public et tirer le meilleur parti de ce qu'ils étaient. Seulement, c'était des personnes qui avaient eu besoin de redorer leur blason. J'avais aidé une société de télécommunication à faire face à sa pénible réduction d'effectifs et une université ayant un problème d'égalité. J'étais le meilleur dans ce que je faisais et je travaillais dur pour redresser des situations. Or ça ? Ils n'avaient pas à faire leur coming-out en public, ils pouvaient continuer d'agir en secret bien que cela n'en soit plus un, du moins jusqu'à ce que la période de Ten en tant que joueur professionnel soit terminée. Il n'avait peut-être que vingt-deux ans, cependant une carrière professionnelle pesait tellement sur ces joueurs qu'elle se terminait généralement au début de la trentaine. Parfois plus tôt, pensais-je, lorsque je me souvins du problème cardiaque qui avait écarté Jared de sa propre carrière. Ten n'aurait qu'à attendre une dizaine d'années à peu près avant de prendre sa retraite. Serait-il prêt à le faire ? Je devais poser la question et espérais ne pas perdre la confiance de l'un ou l'autre de ces hommes en même temps.

— Vous pourriez arrêter tout ceci dès maintenant, dis-je sans détour.

Jared fut le premier à parler.

— Je sais, et pourtant, nous refusons.

Ten se mordit la lèvre.

— Nous voulons le faire.

Je hochai la tête et baissai les yeux vers mes notes, bien que je n'en aie pas besoin. J'avais dû faire face à ma juste part de préjugés dans ma vie, et plein d'expériences dans lesquelles piocher.

— La presse vous aimera et vous détestera à égales mesures. Si les Railers perdent, cela sera vivement évoqué de différentes manières. La presse de qualité pourra prétendre que Ten était distrait, sous-entendant que Jared ici en sera le responsable. Les journaux à potins pourraient suggérer que vous pourriez avoir trop de sexe gay avec votre entraîneur gay. D'un autre côté, si vous gagnez, il sera insinué que vous avez fait paniquer l'autre équipe, qu'elle ne voulait peut-être pas se trouver près de vous. Ensuite, il y aura des remarques vraiment merdiques qu'ils pourront dire, évoquer des accidents de patinage, le sang, le VIH – cela pourrait être des critiques non-stop concernant votre orientation sexuelle, et pourrait même devenir encore plus important.

— Et quant au côté positif ? demanda sèchement Jared.

— Désolé.

Je m'adossai à mon siège.

— Je devais vous expliquer toute cette partie avant.

— Nous savons déjà tout ça, reprit Ten, fatigué.

— Et je suis ici pour vous soutenir et vous aider à traverser ces épreuves. Nous entretenons un dialogue ouvert avec divers groupes d'égalité dans le sport…

— Les vestiaires devraient être un lieu sûr et les sites sportifs exempts d'homophobie. Les athlètes devraient être jugés en fonction de leur talent, de leur cœur et de leur éthique au travail et non pas sur leur orientation sexuelle et/ou leur identité de genre, marmonna Ten, reprenant toute la déclaration d'intention de l'un des plus grands groupes en faveur de l'égalité.

— C'est ce que nous visons.

— D'accord, alors par où commençons-nous ? reprit Ten, agrippant fermement la main de Jared.

— Je ne suis pas un grand amateur de hockey, indiquai-je.

Jared eut l'air choqué. Ten resta bouche bée.

— Cela ne m'empêche nullement de comprendre les problèmes sociaux et économiques auxquels nous devons faire face avec ceci.

— Vous n'aimez pas le hockey ? s'enquit Ten, incrédule, comme si c'était impossible dans son monde.

— Ce n'est pas important de connaître les règles du jeu pour être conscient de la culture l'environnant.

— Ce sont des conneries !

Cela venait de Jared qui secouait la tête.

— Je vais devoir vous expliquer quelques petits trucs et vous devrez être présent lors des matchs. Si vous ne comprenez pas le hockey, alors…

Il s'interrompit et chercha les mots justes.

— Vous ne *comprendrez rien* au hockey.

— C'est sur ma liste des choses à faire, le rassurai-je.

— Sérieusement ? Pas de hockey du tout ? insista Ten.

Je décidai de changer de sujet.

— Tout d'abord, je dois en savoir un peu plus sur vous deux. Ten, j'ai cru comprendre que vous aviez deux frères qui jouent aussi au hockey ?

La réunion fut longue, mais au moment où nous en avions terminé, j'avais une meilleure idée de ce contre quoi je devrais me battre. Nous avions beaucoup de points positifs qui jouaient en notre faveur. La direction cherchait à tirer parti de toute l'histoire de leur coming-out afin d'accroître leurs bénéfices. En tant que première équipe de la LNH avec un joueur gay et fier de l'être pourrait aussi bien s'avérer être une option de marketing incroyable, soit la cause d'une réduction notable des revenus provenant des ventes de billets. Ils exigeaient que l'on s'attache à la première option et avait délibérément ignoré la seconde.

Les membres de l'équipe étaient les suivants sur ma liste, je les interrogerai séparément pendant de courtes séances à huis clos, afin de déterminer les éventuels problèmes que j'aurais à régler. Les auditions commencèrent bientôt et le premier à se montrer, fut le capitaine, Connor Hurley.

— Connor, dis-je, alors qu'il entrait.

Je serrai sa main.

— Je suis Layton Foxx.

— Enchanté de vous connaître, Layton.

Connor était un gars calme, au regard sérieux et concentré, et il écouta tout ce que j'avais à dire, posa même des questions raisonnables et bien pensées. Il était à cent pour cent derrière Ten et Jared, et c'était un type bien à avoir de notre côté.

— Cela aide que les frères de Ten aient une présence significative dans les autres équipes, déclara-t-il, et j'en pris note.

Je pensais exactement la même chose que lui. Ten était proche de ses frères et ils veillaient sur lui.

— Avez-vous des sujets de préoccupation avec l'équipe ?

Lui et moi avions signé une clause de confidentialité au début de la session, comme je le ferais avec l'ensemble de l'équipe, lorsque je les verrais un par un. Il savait qu'il pouvait parler librement, mais dans tous les cas, il se montrait intense dès qu'il s'agissait de l'équipe et il n'hésita pas à me brosser un tableau plus détaillé de qui était chaque joueur et de ce que je devais chercher, en bien comme en mal. Du défenseur, Arvy qui avait un cousin gay, à un nouveau gars de l'équipe, Adler qui semblait ambivalent concernant cette situation. Je pris tellement de notes que je savais que j'allais devoir les relire et résumer par endroits.

J'appréciai le capitaine des Railers et, lorsque nous nous serrâmes la main, je le remerciai du temps qu'il m'avait accordé. Il prenait son rôle aussi sérieusement que moi, et il y avait un respect mutuel entre nous.

Après avoir rencontré quelques-uns des autres joueurs, j'en avais fini pour ma première journée. Je réunis à nouveau toutes mes notes, les alignant et les glissant dans mon porte-documents avec l'iPad qui constituait mon lien avec le monde extérieur. Ensuite, je rendis visite à Emma, la responsable marketing de l'équipe et la personne avec laquelle je travaillais.

Elle était manifestement reconnaissante que ce problème ne lui ait pas été confié, ce qui signifiait que j'avais marqué énormément de points auprès d'elle.

Il y avait un petit groupe de gars réunis sur le parking. Un que je reconnus aussitôt – Stan le Russe, comme le Capitaine Hurley l'appelait – il ressemblait à un ours énorme, et il me fixait tandis que je m'avançais vers eux. Ma direction n'était pas délibérée, ils se trouvaient près de ma voiture.

— Les gars, dis-je calmement, même si la vue de ces êtres imposants qui attendaient près de mon véhicule était suffisante pour me rendre anxieux alors que les souvenirs du bon vieux temps me revenaient à la mémoire.

Sans oublier de mentionner que Stan avait ses bras épais croisés sur sa poitrine et qu'il donnait l'impression de vouloir me faire la guerre. Je reconnus deux des personnes qui l'accompagnaient – l'entraîneur Benning paraissait sombre, Arvy me souriait – et la dernière était le gars des toilettes.

Il s'agissait d'Adler, celui que le capitaine, lors de mon entretien de ce matin, avait choisi de qualifier de « pas ouvertement critique, ni entièrement favorable ».

J'étais écarlate et le savais, Adler m'adressa un sourire ironique. Connard !

Il n'était pas le premier à se montrer sarcastique avec moi, et ne serait pas le dernier. Adler Lockhart était un bel homme, mais encore une fois beaucoup des joueurs de cette fichue équipe étaient sexys. Prenez Arvy avec son sourire loufoque et ses longs cheveux ondulés, ou le Coach Madsen avec son regard bleu intense et son air autoritaire.

— Parler un peu, annonça Stan, d'une voix forte, résonnant dans le parking souterrain caverneux.

Je jetai un coup d'œil à Stan et aux autres. Je n'étais pas sûr qu'Adler veuille parler. Il souriait toujours, et en même temps, il donnait l'impression qu'il essayait de se détourner. La seule chose qui l'arrêtait, c'était qu'il se retrouvait coincé entre Stan, Arvy et ma voiture.

Je regardai ma montre, comme si je devais déterminer si j'avais le temps de m'arrêter pour discuter. Bien entendu, j'avais le temps. Beaucoup de temps même. Tout ce qui m'attendait chez moi était un plat à emporter et une nuit passée à relire mes notes. Oh, et répondre à la centaine de messages Facebook de ma famille.

— Je peux vous accorder cinq minutes, indiquai-je, pour souligner l'importance de mon temps et renforcer mon statut.

Il était essentiel que je ne participe pas aux discussions en dehors des réunions officielles. Je devais rester hors du cercle du hockey afin de pouvoir garder une bonne perspective sur la façon dont les choses se déroulaient. Les réunions informelles ne le permettaient pas.

Stan écarta son tee-shirt et me montra un tatouage. Je dus y regarder de près, parce que je ne comprenais pas trop ce qu'il me dévoilait, ni même pourquoi il m'en faisait part. Cela ressemblait à un personnage de dessin animé, un Pokémon ou quelque chose dans ce goût-là.

— Hulk, reprit Stan, et il me dévisagea, dans l'expectative, comme si j'étais censé comprendre ce qu'il me disait.

Je ne parlais pas le russe cependant, je me tournai donc vers l'entraîneur afin qu'il m'aide.

— Ce qu'il dit, intervint Benning, c'est qu'il aime Ten, beaucoup, que Ten et lui se sont fait tatouer le même jour, et que si vous finissez par le pousser à bout, il aura alors son mot à dire, et agira comme Hulk envers vous.

Le ton de l'entraîneur était affable, tout en contenant une pointe de dureté.

— Vous pouvez dire tout cela avec un seul mot ? demandai-je, levant les yeux vers Stan qui était toujours renfrogné.

L'entraîneur ne fit que sourire.

— C'est un homme de peu de mots. En anglais, en tout cas.

Stan fit claquer sa grosse main sur mon épaule, et bon sang ! Il était fort. Pendant une fraction de seconde, la peur me traversa, cependant, je la repoussai là où était sa place. Personne ici n'allait me faire mal.

Je m'éloignai de Stan et lui offris mon sourire le plus rassurant. Il me dévisagea, puis sourit à son tour.

Il semblerait que nous ayons scellé un accord.

— En avons-nous fini de nous mesurer la queue maintenant ? demanda Adler à voix haute, brisant la vague d'acceptation de notre petit groupe.

Il souligna ses paroles en attrapant son sexe de manière suggestive.

— À moins que nous ne les sortions ?

— Seigneur, Ads ! cracha Arvy, en lui balançant un coup de coude.

Adler sourit.

— Tout ce que je dis, c'est que certains d'entre nous ont des partenaires sexuelles qui les attendent à la maison et qu'ils ne passent pas leur journée à déblatérer dessus.

Puis il passa devant Arvy, qui le repoussa avant de le laisser partir.

— Connard ! murmura-t-il, toutefois ce n'était pas prononcé avec colère.

J'échangeai un coup d'œil avec lui et il haussa une épaule.

— Que pouvez-vous faire ?

J'ajoutai mentalement Adler à la liste de mes préoccupations.

Le trajet de retour jusque chez moi était l'un de mes moments préférés, la circulation n'était pas trop dense et un livre audio résonnait faiblement, servant de bruit de fond pour mes pensées. J'aimais la musique, mais parfois, le bourdonnement de mots suffisait pour me permettre de cerner et tout rassembler ensemble.

Je m'étais laissé berner par un faux sentiment de sécurité aujourd'hui, ou du moins, c'était ce que j'avais décidé. Tout le monde avait été si accommodant, réfléchi et encouragé par mes paroles… et puis, il y avait Adler. Je savais que l'équipe serait confrontée à quelques mois difficiles, peut-être même un peu plus longtemps, cependant les commentaires stupides concernant les queues n'étaient pas ce que cherchais.

J'étudiai sa biographie dès que je franchis la porte, il faisait partie de ceux que je devais surveiller. En plus de son nom, sa fiche contenait toutes sortes de statistiques compliquées, dont je parvins à deviner la signification de la plupart d'entre elles et examinai le reste en ligne.

Adler Kincaid Lockhart
   Né le 4 Nov. 1993, Brampton, Maine
   1 m 93 – 99.30 kg.
   Ailier gauche – tire à gauche
   Dernière saison – GP 57 – G 31 – A 23 – P 54 – Plus/Moins 5 – PIM 51 – PPG 19 – GWG 4 – OTG 3 – S % 18.2

Cela me paraissait relativement simple.

J'avais déjà rencontré des gars comme lui auparavant. Soit il m'avait dévisagé ce matin et il était dans le placard, ou c'était un connard d'homophobe qui se foutait totalement de savoir qui était au courant. Il avait utilisé le mot « queue » aujourd'hui, et avait été très suggestif. Je pris donc quelques notes à propos de l'utilisation d'un langage approprié, juste à côté de son nom en particulier, et concernant le reste de l'équipe en général.

———

Mon dîner chinois commandé, je m'assis à table et décidai que j'avais différé suffisamment longtemps la vérification des messages provenant de ma famille. Il ne faisait aucun doute que ce serait une série de nouvelles insensées provenant de Zach et d'Adam à propos de leur entreprise de plomberie, ou encore de David se plaignant comme quoi l'économie actuelle affectait la construction, et par voie de conséquence, son activité d'électricien, ou peut-être que cela concernait Louise qui parlerait de son centre de soins journaliers et du fait qu'elle souhaitait que travailler dans ce milieu n'implique pas d'enfants.

Ou bien cela pourrait être ma mère, s'inquiétant que je sois le seul à ne pas vivre dans notre bonne vieille ville natale. Mon départ d'Alton Heights, dans le Michigan, pour aller à l'université de New York avait été à la fois source de fierté et d'inquiétude. Ajoutez à cela le fait que je n'étais jamais rentré chez moi après l'université, et qu'au lieu de cela, j'avais acheté une maison à Harrisburg, bref, c'était apparemment pour cela qu'elle avait les cheveux gris.

En privé, je n'étais pas le seul de ses cinq enfants à savoir qu'elle se teignait les cheveux toutes les quatre semaines, de façon régulière, pour rester parfaitement blonde. C'était une femme au foyer – si vous en parliez, elle déclarait l'avoir fait dans le but de surveiller la famille. Elle était de toutes les ventes de pâtisseries, évènements communautaires, et le dîner était quand même posé sur la table tous les soirs à dix-huit heures, elle faisait tout.

Je répondis au message de Zach à propos du soixantième anniversaire de maman.

« Oui, je serai là, dis-moi quand ».

Je répliquai à David et Louise de manière similaire, parce qu'il semblerait que trois ou quatre de mes frères et sœurs soient convaincus que je ne me présenterais pas à la fête d'anniversaire de Janet Foxx.

J'aimais ma mère. Après le décès de mon père, il y a une dizaine d'années, elle avait été là pour moi autant qu'elle l'avait pu et il était impossible que je rate un tel évènement.

Le message d'Adam n'était qu'une longue blague sur un rabbin entrant dans un bar et qui n'avait pas vraiment de sens. Je tapai « LOL » quand même, et espérai que c'était drôle et que cela ne concernait pas une histoire sérieuse concernant un véritable rabbin qu'il aurait rencontré dans un bar.

Alors, quand le livreur arriva avec mon plat chinois, et que j'avais versé le tout sur une assiette, il me restait encore une personne à qui parler, et je fis défiler la liste de mes contacts, à la recherche du numéro de maman, me raidissant afin de répondre à ses questions habituelles.

— Enfin, mon bébé appelle ! lança-t-elle en guise de salutations. J'ai failli envoyer Zach pour savoir si tu étais encore en vie. Tu n'appelles jamais, tu ne viens pas me rendre visite…

Wow ! Elle n'avait pas attendu longtemps pour me culpabiliser.

— Maman, tu sais que je reviendrais si je le pouvais.

— Tu travailles toujours avec cet acteur ?

— Non, avec une équipe de hockey à présent, en tant que responsable des gestions de crises et de la sensibilisation via les réseaux sociaux.

— Un quoi à présent ?

— Un responsable…

— Oh ! m'interrompit-elle. Tu devrais discuter avec David à propos du hockey. Tu te souviens de Calvin, son ami du lycée ? Eh bien, le frère de son cousin… à moins que ce ne soit le cousin de son frère ? Attends, cela n'aurait aucun sens, n'est-ce pas ? Quoi qu'il en soit, ce jeune homme a pris tout son fourbi et s'est dirigé vers le nord, il joue dans une sorte d'équipe.

« Le nord » pour ma mère voulait dire le Canada et non, je ne me souvenais pas de Calvin et ne comprenais pas de quoi diable elle parlait. J'étais le plus jeune d'une famille de cinq enfants. La différence d'âge entre moi et celle du dessus – Louise, ma seule sœur, était importante. Maman et papa m'avaient eu tard – elle avait quarante-quatre ans et s'était retrouvée enceinte de son cinquième et maintenant que j'en avais presque vingt-six, ma mère était toujours aussi forte qu'un bœuf alors qu'elle approchait de la soixantaine. Toutes ces années, elle avait été présente pour mes frères et sœurs et pour moi-même, ce qui signifiait que je pouvais supporter de l'entendre parler d'un gars que je ne connaissais pas.

— Alors, as-tu déjà un petit ami ?

Ce qui me prit au dépourvu, la question surgissant de nulle part, et n'ayant strictement rien à voir avec le sujet du cousin éloigné de Calvin qui jouait au hockey.

— Non, maman, répondis-je.

— Tu sors simplement de façon décontractée ?

Je l'interrompis avant qu'elle se mette à m'interroger sur ma vie sexuelle, et croyez-moi, elle adorait poser des questions à ce sujet.

— Oui, un joueur de hockey, mentis-je.

— Bien. Je veux te voir profiter de la vie.

— C'est le cas, maman.

— Alors, viens-tu à ma fête surprise le mois prochain ?

— Maman ! Bon sang… bafouillai-je. Tu n'es pas censée être au courant.

— Oh, il y en a bien une, alors ?

Merde ! Je venais juste de me faire avoir par ma mère.

— Non, répondis-je, mais il était trop tard. Maman, je dois y aller, mon repas est arrivé.

— Très bien, Layton. Prends soin de toi et appelle-moi plus souvent.

— Je le ferai, maman.

Un sentiment de culpabilité à l'idée de lui mentir m'étreignit avec insistance, cependant j'essayai de l'ignorer. Je pris une bouchée de nouilles et ouvris mon iPad de l'autre main, tapant un rapide message à Louise qui était l'organisatrice en chef de l'anniversaire de maman, admettant ce qui venait de se passer. Je ne reçus pas de réponse immédiate et n'en attendais aucune.

Entre mes quatre frères et sœurs, il y avait quatre épouses et au dernier décompte, dix enfants, Louise en tête du peloton avec cinq enfants. Elle les avait tous eus avant l'âge de trente-et-un ans, donc le plus jeune n'était âgé que de quelques mois.

J'étais vraiment un intrus dans cette famille.

Le seul à être allé à l'université et à obtenir un

diplôme, le seul avec une carrière qui me permettait de gagner un bon salaire, le seul qui avait déménagé.

J'allai me coucher avec une centaine de questions en tête, toutes axées sur les Railers et mes projets pour l'équipe. Tout d'abord, j'avais besoin de parler à chaque joueur, et je plaçai Adler Lockhart en tête de liste.

J'avais le sentiment que le bel homme avec son regard invitant à coucher avec lui, très politiquement incorrect, et avec un sérieux problème d'attitude était celui que je devais surveiller le plus.

Chapitre Deux

Adler

Je me glissai derrière le volant de ma voiture, le siège de ma BMW 540i recouvrant mon stupide petit cul de parfait crétin, comme un gant en cuir italien finalement travaillé, dont j'avais une paire qui traînait quelque part. Peut-être dans le coffre ? Qui savait ? Et plus important encore, qui s'en souciait ? Je me regardai dans le rétroviseur.

— Tu es littéralement le plus grand connard de tous les temps, Adler ! balançai-je à mon reflet.

Le type dans le miroir était totalement d'accord avec moi.

Je fis claquer la portière côté conducteur pour la refermer. Mon front rencontra le volant. Putain, quel était mon problème ? Pourquoi faisais-je toujours ça ? Rencontrer un mec torride, discuter de contrôle de vessie, me sentir comme un idiot, puis renforcer mon image de trou du cul de première classe, en faisant une blague encore pire lorsque j'ai revu ce mec incroyablement sexy une seconde fois.

— Roi des cons ! murmurai-je, alors que je me frappais le front plusieurs fois sur le volant.

Lorsqu'une douleur sourde commença à s'installer, j'arrêtai mon geste. De toute façon, cela ne m'avait pas semblé juste de le faire sans musique. Je fis remonter le CD de Poison dans le système stéréo haut de gamme, puis je commençai à me faire exploser les tympans. Rien de tel que Bret Michaels et C. C. Deville pour chasser ton blues. Vraiment dommage que les airs de C. C. ne fonctionnent pas cette fois. C'était alors que vous saviez que c'était vraiment mauvais. D'habitude, les groupes chevelus des années 80 pouvaient me guérir de tous les maux.

Je lançai le moteur et glissai ma voiture dans la circulation. Il était temps de rentrer à la maison. De manger. De faire une sieste. De me noyer dans la douche.

— Note à moi-même : vérifier le meilleur moyen de se noyer dans la douche sans vraiment mourir, car le père Noël arrive bientôt et youpi ! Noël !

Pffft !

En route vers mon appartement, je revins sur la journée et gémis encore une fois. J'essayais trop fort. Je le savais. C'était d'Adler que nous parlions là. *Chante, danse et balance des plaisanteries stupides parce que cette fois-là, papa avait trouvé que ta blague « toc-toc » était intelligente.*

Toc-toc !

Adler, s'il te plaît, j'essaie de travailler. Va trouver Apollo et l'importuner.

Toc-toc !
Très bien ! D'accord, qui est là ?
Oswald.
Oswald qui ?
Oswald, mon chewing-gum !
Oswald quoi ?
Pas Oswald.
Je déglutis… cela ressemblait pourtant à Oswald.
C'est très intelligent, mon fils, maintenant, va trouver Apollo.

Je sursautai lorsque le gars derrière moi appuya sur son klaxon. Merde ! Comment se faisait-il que je sois déjà arrivé au niveau du Capitole ? Me perdre dans le passé me vaudrait de me retrouver enroulé autour d'un poteau téléphonique dans le présent si cela continuait.

Bret et C. C. parlaient maintenant de ce que le chat avait rapporté. Super chanson. Vie de merde ! Putain ! Je devais trouver un moyen de faire sourire ce pauvre gars demain. Peut-être que je pourrais lui lancer cette super blague d'Oswald, parce que cela avait tellement bien fonctionné avec papa. Ironie ! C'était tout le contraire !

Mon appartement apparut. Je bifurquai dans le parking et me garai à ma place désignée, puis je coupai le moteur.

Les Exécutives. Vingt appartements d'élite pour ceux qui ont des goûts de dirigeants. Et des fonds de fiducie qui allaient avec, ce que je possédais. L'argent n'était pas un problème pour la famille Lockhart. Papa était une légende dans le domaine des prises de contrôle d'entreprises. Maman en était une autre, mais dans le domaine des voyages et des aventures extraconjugales afin de combler sa solitude parce que papa rachetait toujours une nouvelle entreprise. Pour autant, j'avais un tas de zéros sur mon compte bancaire, et c'était tout ce qui importait. L'argent. Le dépenser et en gagner toujours plus.

La montée jusqu'à mon penthouse fut une agonie. Pourquoi ? Pourquoi diffusaient-ils toujours une musique aussi merdique dans un ascenseur ? Pourquoi pas quelque chose de RATT, ou un petit air de Winger ? Pourquoi ce type du stade avait-il eu l'air aussi énervé, et pas franchement dans le genre avant-gardiste ? Pourquoi sa bouche était-elle si appétissante ? Pourquoi avais-je posé des questions sur sa vessie ? Bordel de merde ! J'étais un plug anal de taille et de circonférence épiques !

Dès que les portes s'ouvrirent, je traversai le petit couloir que les visiteurs de ma prestigieuse demeure voyaient en premier. Tout était décoré partout. Un gars avec des cheveux roses et un joli petit cul étroit l'avait fait pour moi quand j'avais été échangé aux Railers. Lui et moi étions sortis ensemble une fois après que l'appartement et l'entrée aient été réorganisés selon ses spécifications. Il avait été vraiment difficile et n'était pas du tout mon genre, sauf qu'à ce moment-là, je me sentais seul et vulnérable. De plus, il avait ri de mes blagues, alors cela lui avait valu une bonne baise.

Je jetai mon blouson au moment où j'entrai dans mon appartement.

— Lucy, je suis à la maison ! criai-je, avant d'attraper la pile de factures posées sur le guéridon.

Services publics pour la plupart, Apollo s'occuperait de celles-ci. J'avais espéré recevoir peut-être une carte postale de mes parents. Où se trouvaient-ils en ce moment ? France ? Non. Grèce ? Non. Merde ! Je n'arrivais même pas à suivre.

— Apollo, mec, où sont Cole et Karrie-Anne ?

Je ne les appelais jamais papa et maman, ils avaient exigé que je les appelle par leurs prénoms et j'étais cool avec ça. Vous vous habituiez à ce genre de choses au bout d'un moment.

— Ils sont en Floride pour jouer au golf avec le troll orange jusqu'à vendredi, puis ils se rendront à Capri pour les vacances.

— Oh, ouais.

Super ! Encore plus de sandales artisanales en cuir que je ne porterai jamais.

J'entrai dans mon salon. Tout était en verre et chrome, sur des tons blanc et bleu. J'inhalai profondément et sentais l'odeur de quelque chose qui ressemblait au céleri et ce shampoing à la noix de coco et au melon qu'Apollo utilisait. Dans le coin se trouvaient des boîtes qui ne pouvaient être que des décorations de Noël. Pourquoi Apollo insistait-il pour installer cette merde alors que personne d'autre que lui et moi ne verrait les guirlandes et les minuscules statues de rennes ? Je jetai un coup d'œil à la ville et soupirai à la neige qui tombait doucement. Je n'avais pas eu de vacances en famille depuis… toujours.

M'arrêtant dans la cuisine, je trouvai Apollo près de la gazinière. Il me regarda par-dessus son épaule et fronça immédiatement les sourcils.

— Tu as une sale tête. Que s'est-il passé ?

— Les factures sont là.

Je les déposai sur le comptoir en marbre, puis passai une jambe sur l'un des trois tabourets près de l'îlot central.

— Ouais, je sais, je les ai apportées.

Apollo jeta un brin de persil frais dans sa création. Il faisait tout avec brio et un peu de flamboyance. Apollo Vasquez était mon plus vieil et plus cher ami. Sa mère était à la tête des tâches domestiques dans la maison de ma mère dans le Maine, là où j'avais grandi. Maman possédait les quatre maisons des États-Unis, papa, les six à l'étranger.

Apollo était de mon âge, vingt-quatre ans, et avait grandi avec moi. Nous étions comme des frères, même s'il était allé dans une école publique à six ans et que j'avais été envoyé à l'Académie Norhwood pour garçons. Il était le premier gars que j'ai embrassé. C'était la seule personne qui m'avait écouté pleurer parce que mes parents ne venaient jamais à aucun de mes matchs quand j'étais un jeune adolescent et que j'étais tellement confus à propos de la vie, de moi-même et de mon besoin d'embrasser de beaux garçons comme Apollo. Après quelques baisers et des câlins, j'en étais venu à réaliser que lui et moi n'étions pas destinés à être plus que de meilleurs amis. Il avait rapidement acquiescé, et nous nous étions rapprochés de plus en plus. C'était mon ami, mon âme-frère, mon cuisinier, mon assistant personnel et celui qui me bottait le cul quand c'était nécessaire, ce qui arrivait quasiment tous les jours – les coups de pied au cul, bien entendu.

— Alors quel est le problème ?

J'attrapai un morceau de carotte dans la salade qu'il avait déjà préparée. Cet homme possédait de sérieuses compétences culinaires et une façon très cruelle de parvenir à voir à travers moi. Il se détourna de sa marmite, croisa les bras sur son torse fin et me plaqua contre le mur de ses prunelles marron foncé.

— J'ai rencontré ce gars…

Ce qui amena un peu de lumière dans ses yeux.

— Oh ? Bien !

Il était toujours après moi, me poussant à sortir davantage et à faire mon coming-out. À embrasser mon homme gay intérieur. À cesser d'essayer d'impressionner mes parents. À mieux m'habiller et à apprendre à utiliser la brosse des toilettes, pour l'amour de Dieu !

— Oh, non, pas bon du tout !

Je jetai le morceau de carotte dans ma bouche et le mâchai. Apollo roula des yeux.

— Non, ne fais pas ça, dis-je, la bouche pleine de carottes.

Il retourna à sa marmite et la remua avec fureur.

— Tu vois, lorsque nous nous sommes croisés la première fois, il venait manifestement d'avoir une sorte de crise. Est-ce une soupe ?

— Oui, un potage de céleri.

Il me lança un regard noir.

— Et bien entendu, étant fidèle à toi-même, tu as balancé une vanne que tu as crue drôle, et tu as obtenu l'effet contraire.

Je dévisageai le gars nerveux avec un piercing au sourcil.

— Peut-être.

— Tu es un tel crétin, dit-il, alors qu'il versait deux bols de soupe, avant de les poser sur l'îlot. Là... fais attention, c'est chaud.

Je haussai un sourcil.

— J'ai l'impression que je dois t'expliquer tout ça parce que tu passes si naturellement en mode Adler âgé de quatre ans, même si tu fais maintenant plus d'un mètre quatre-vingt-huit.

— Quatre-vingt-treize, le corrigeai-je gentiment.

— Tout ce qui dépasse le mètre quatre-vingt-trois n'a aucune importance.

— Pas quand tu en fais un mètre cinquante les bras levés, commentai-je, avant de prendre une cuillerée de la soupe crémeuse et de souffler dessus.

— Je mesure un mètre soixante-dix, je te ferais dire. Alors, pour en revenir à toi, parce que tu es le Roi de Vie de Merde.

— Exact. Ouais, donc je lui ai sorti quelque chose de stupide et…

— Est-ce un joueur de hockey ?

Apollo me tendit une serviette, puis déplia la sienne qu'il posa sur ses cuisses, afin de protéger un jean moulant noir.

— Non, je pense que c'est un gars qui a un rapport avec les médias sociaux. Tennant Rowe et Jared Madsen batifolent l'un avec l'autre et veulent informer le monde à propos de leur situation.

— Hmm… je vois. C'est un conseiller en communication ?

— Je ne sais pas. « Type des médias sociaux » fonctionne. Mais ouais, il a de ces yeux et une bouche…

— Bon à savoir. Cela permet de voir et de parler plus facilement.

— Peux-tu cesser d'agir de façon si Apollo, d'accord ? Dis-moi quoi faire. Comment procéder pour que les choses se passent bien avec lui ?

Je sirotai ma soupe, émis un petit son d'appréciation, puis lançai un coup d'œil à mon meilleur et seul ami.

— Eh bien, ce que je suggèrerais, c'est de ne pas te comporter comme un crétin quand tu le croiseras à nouveau. Tu n'as pas besoin d'amuser la galerie pour que les gens t'apprécient, Adler.

— Je sais.

Je pris quelques biscuits à la crème d'huîtres dans un petit bol et les saupoudrai sur ma soupe.

— Est-ce que j'ai déjà mentionné à quel point je suis heureux que tu aies décidé de venir travailler pour moi lorsque ma mère m'a suggéré de trouver un assistant personnel qui porterait un tablier ?

— C'est précisément le tablier qui a conclu la transaction.

Je donnai un coup de coude dans son épaule et terminai ma soupe. Peut-être que le céleri me rendrait moins enclin à agir comme un crétin.

J'aurais dû savoir que ce céleri ne me rendrait pas moins stupide. Je veux dire… s'il possédait ce genre de capacité magique, tout le monde sur Terre serait incroyablement intelligent et légèrement teinté de vert avec tout le céleri qu'ils auraient consommé.

Le lendemain, je déboulai par l'entrée réservée aux joueurs comme un homme en mission. J'avais deux buts pour cet entraînement matinal : montrer à l'entraîneur que mon échange serait un point positif, et trouver le type des médias sociaux afin de m'excuser pour ces blagues concernant sa vessie et la longueur des queues. Deux plaisanteries pour lesquelles je devais faire amende honorable.

Les vestiaires des Railers bourdonnaient de conversations masculines. Une chaussette me frappa le côté du visage au moment où j'entrai. Je lançai un regard noir à Stan, le gardien russe qui parlait peu l'anglais, mais arborait ses tatouages de Hulk et d'un Pokémon comme des insignes dignes d'un préfet.

— Ha ! rugit Stan, avant de recommencer à parler à son équipement comme si c'était tout à fait normal.

Les gardiens étaient vraiment très étranges.

J'eus un contact visuel avec Tennant, qui pourrait être l'homme le plus beau que j'ai jamais rencontré, juste après Media Man avec sa bouche pulpeuse et ses yeux hantés. Il hocha la tête et j'en fis de même.

Je garderai un œil attentif sur leur coming-out à Madsen et à lui. Non pas que je traverserais ce pont enflammé de sitôt. L'avouer à mes parents avait été déjà bien assez difficile. Ils ne s'étaient pas fâchés. Se mettre en colère aurait nécessité d'y accorder suffisamment d'attention afin de ressentir une émotion aussi puissante. Nan. Ils avaient vaguement marmonné quelque chose alors qu'ils franchissaient la porte pour aller travailler ou boire un cocktail au country-club. Cela avait peut-être été « okay » ou « super, il est maintenant pédé et joueur de hockey ! Quand notre honte prendra-t-elle donc fin ? » ou encore « Quand les Montclair ont-ils dit qu'ils nous rejoindraient pour skier à Vale cette année ? »

Après avoir enlevé mon costume et enfilé un short de compression avec un vieux tee-shirt à l'effigie des Skid Row pour leur tournée de 1989, je sortis mon portable de mon sac, trouvai mes écouteurs et m'éloignai, à la recherche d'un tapis de course. J'en trouvai à côté d'Arvy. Il m'adressa un sourire aimable. Je décidai de lui raconter une blague sur un rabbin et un prêtre qui achètent une voiture ensemble.

— Ils décident de garer la voiture chez le prêtre. Alors un jour, le rabbin arrive pour voir la voiture et trouve le prêtre en train de l'asperger d'eau. Le rabbin demande : « que fais-tu ? » Le prêtre répond : « je bénis la voiture ». Ce à quoi le rabbin réplique : « D'accord, puisque nous en sommes là... il sort une scie à métaux et découpe trois centimètres du tuyau d'échappement.

Arvy éclata de rire si fort qu'il tomba de son tapis de course et dut poser de la glace sur le nouveau bleu qui ornait sa jambe. Vous voyez, l'humour marche bien pour faire en sorte que les gens vous apprécient, en dépit de ce qu'Apollo dit toujours. Me sentant très content de moi, je branchai mes écouteurs à mon portable et glissai l'appareil dans la pochette accrochée à mon biceps droit. Je trouvai ma playlist de jogging. Beaucoup de Cinderella, Guns N'Roses, un peu de Lita Ford et une bonne cuillerée de Bon Jovi.

J'augmentai la vitesse et l'inclinaison et me mis à courir. Il y avait quelque chose dans le martèlement régulier de mes pieds sur le tapis qui fonctionnait comme une drogue naturelle. Le stress de la vie se dissipait et je pouvais oublier un instant que je ferais face à un autre Noël avec Apollo, tandis que ma famille – et j'utilisais ce terme dans son sens large, car ce que je savais d'une véritable famille pouvait tenir sur une tête d'épingle – faisait ce qu'elle voulait à part venir me voir.

— Ah ! J'emmerde ces conneries ! grommelai-je.

J'augmentai le son et courus jusqu'à ce que quelqu'un me frappe mon dos en sueur. Je jetai un rapide coup d'œil à gauche, les yeux brûlants tandis que la sueur coulait dedans. L'entraîneur Madsen se tenait à côté de moi. J'enlevai mes écouteurs.

— Layton Foxx vous cherche, indiqua-t-il, tandis que je ralentissais la vitesse et abaissai la pente.

Je pris la serviette qu'il me tendait.

— Merci.

Je me frottai le visage.

— Euh… qui est Layton Foxx ? demandai-je, avant de retirer mon tee-shirt humide afin de passer la serviette sur mon torse et mon ventre.

— C'est le gars de la gestion de crise et il veut vous parler avant l'entraînement sur la glace du matin. Il se trouve dans la salle de presse en ce moment.

Oh, merde ! Le type des médias avec la bouche pulpeuse ? Il voulait me parler ? Meeeerde !

— D'accord, merci, Coach !

Je passai mon tee-shirt autour de mes épaules et sautai du tapis de course en tirant sur le cordon de mon téléphone portable, alors que je décollais pour rejoindre Layton Foxx.

Foxx ? Ouais, il l'était certainement. Je parie qu'il en avait entendu beaucoup à ce sujet. Je pourrais peut-être inventer quelque chose de drôle à dire à propos de son comportement rusé. Ou peut-être que je ferais mieux de ne rien faire du tout.

Je faillis manquer la salle de presse et m'arrêtai devant la porte ouverte alors que Bob Seger hurlait dans mon portable. Layton Foxx leva ces magnifiques yeux gris foncé de l'iPad qu'il tenait entre ses mains, et les battements de mon cœur triplèrent.

Chapitre Trois

Layton

Je ne pouvais plus respirer.

Non seulement parce qu'Adler apparut rapidement à ma porte, sans avertissement, mais également parce que cet homme était nu. Pas intégralement, bien entendu. Il portait cette sorte de short très moulant, et son tee-shirt était enroulé autour de son cou, sa peau recouverte de sueur et il avait l'air d'avoir couru jusqu'ici, venant de très loin.

Respirer m'était difficile à cause du choc, plus le fait que je n'avais jamais rien vu d'aussi parfait que cette étendue de peau, les muscles durs, le « V » formé par les hanches et la fine ligne de poils disparaissant dans son short. Toute la scène digne d'un porno était plus que je ne pouvais gérer et rester cohérent en même temps. Je devais donc fournir de gros efforts, ce qui me déséquilibrait. Adler était mon premier rendez-vous de ce matin, toutefois celui qui m'inquiétait le plus, étant donné nos deux rencontres précédentes et la quantité de conneries que cet homme pouvait sortir.

— Hey, dit-il depuis la porte, avant d'attendre.

— Entrez, fut tout ce que je pus dire. Asseyez-vous, ajoutai-je.

Il franchit le seuil, fit un geste pour ce que je supposais être une question muette afin de savoir s'il devait faire quelque chose de plus.

— Fermez la porte, confirmai-je.

D'accord, donc tout se passait bien. « Entrez, fermez la porte, asseyez-vous » et jusqu'à présent, il avait fait tout ce que je lui avais demandé. Il haussa les épaules, empêchant son tee-shirt de tomber et le remit en place, avant de le prendre dans ses mains et de l'enfiler. Pendant tout ce temps, tout ce que je pus faire était de regarder. À mon avis, il n'y avait rien de plus sexy qu'un homme qui s'étirait pour se vêtir ou se déshabiller, laissant entrapercevoir un morceau de peau exposé, qui taquinait, suggérait ce qu'il pouvait y avoir d'autre. Mon dernier amant s'était énervé au moment où il avait fallu que je le déshabille, embrassant chaque centimètre découvert, or, c'est qui je suis. Je me concentrai sur les tâches à accomplir, jusqu'à l'obsession.

Et je pourrais passer beaucoup de temps à être troublé par le corps du joueur assis sur la chaise en face de moi. Dommage que les sportifs possèdent des corps, et très souvent une belle apparence, toutefois, d'après mon expérience, bon nombre d'entre eux étaient trop obnubilés par leur nombril.

En dehors de Ten et des autres avec qui j'avais déjà parlé la veille, ils semblaient cools, intelligents, sensibles, concentrés. Tandis qu'Adler était un idiot dénué de cervelle qui aimait parler d'organes génitaux. Une honte, parce qu'il était magnifique et que j'étais encore très dur après son strip-tease inversé.

— Adler Lockhart, numéro 62, ailier gauche, je tiens à m'excuser, déclara-t-il en une seule et longue phrase, avant que je puisse commencer à décliner mon identité et mentionner ce que j'attendais de l'équipe, puis évoquer le secret professionnel.

— J'ai dépassé les bornes avec mon commentaire sur votre vessie et celui sur les queues en général.

— Très bien.

Cela aurait été mieux s'il s'était arrêté là, mais non, il poursuivit.

— J'ai tendance à trop parler et, lorsque je ne sais pas exactement quoi dire, alors je sors toutes sortes de conneries, du genre celle concernant votre vessie. D'ailleurs, je suis certain qu'elle n'est pas trop petite. Je veux dire... aucun homme n'apprécierait de s'entendre dire qu'il a quelque chose de petit, non ? Je suis sûr que votre vessie est en proportion avec le reste de votre corps. Et pour ce qui est des allusions sexuelles dans le parking souterrain, eh bien, je me sentais mal à l'aise de débattre des différents endroits où mes coéquipiers collent leurs bites, et je ne veux vraiment pas penser à Ten de cette façon. Je veux dire... c'est un gars sympa, non pas que je le connaisse bien, étant donné que je suis avec l'équipe que depuis très peu de temps depuis l'échange, et c'est un bon joueur. Penser à sa queue ne fait pas partie de ce que je veux faire. Ni à celle du Coach Madsen non plus, pour être honnête. Ce qu'ils font avec les queues de l'un et de l'autre pendant leur temps libre n'appartient qu'à eux.

Il arrêta son discours à ce moment-là et se mordit la lèvre, le rouge aux joues.

— Et merde ! ajouta-t-il.

En cet instant, j'aurais pu faire un geste vague de la main afin d'écarter la déclaration inopportune et le sujet inapproprié, refuser de lui parler et m'éloigner. Néanmoins, ce n'était pas mon boulot, et je pris un moment pour fixer les papiers étalés devant moi.

— Je pense qu'une formation afin de vous montrer plus sensible vous serait certainement bénéfique, commençai-je.

— Putain, non ! Je le suis ! Je peux être sensible.

— C'est une procédure standard, lui assurai-je, tout en lui mentant en même temps.

— Oh !

Il sembla se dégonfler un peu.

— Vous voulez dire que tout le monde doit le faire ?

J'aurais souhaité pouvoir simplement acquiescer à ce moment-là, parce que cela aurait arrêté net Adler dans son élan. Mais non, je devais agir avec prudence.

— C'est confidentiel.

Il fronça les sourcils.

— Alors, cela ne concerne pas tout le monde, hein ?

— Comme je vous l'ai répété, c'est confidentiel.

— Et qu'en est-il d'Arvy ?

Je ne parvenais pas à comprendre pourquoi il avait choisi Arvy en guise d'exemple, je ratai donc une autre opportunité de mettre un terme à tout ceci.

— Confidentiel, déclarai-je.

— Je vois, sous prétexte qu'il a un cousin gay, cela lui évite d'avoir à perdre toute une journée à écouter des conneries sur ce que je peux et ne peux pas dire ?

— Monsieur Lockhart…

— Donc, si vous connaissez quelqu'un qui connaît quelqu'un, alors vous avez une porte de sortie. Exact ?

— Ce n'est pas comme cela que ça fonctionne…

— Je connais Arvy, reprit-il, s'adossant à son siège. Je dois réfléchir à ce que je dis devant lui, ce qui prouve que je suis sensible.

— Vous passez à côté de l'essentiel, ajoutai-je patiemment, puis je fichai tout en l'air. Attendez… Arvy se trouvait là quand vous teniez votre entrejambe dans le parking.

— Oh ! lâcha Adler, avant de soupirer bruyamment.

Il se frotta les yeux de ses doigts.

— Je déteste cette merde du politiquement correct, murmura-t-il.

Je présumai qu'il parlait de la formation à la sensibilité, toutefois, je voulais passer à autre chose.

— Cela tient du bon sens et, avec les changements qui ont eu lieu au sein de l'équipe, il est vital de présenter un front uni lors de toutes les requêtes de la presse.

— Bordel ! Je me fous de ce que Ten et son entraîneur font !

Il me dévisagea et je patientai un peu plus longtemps, parce qu'il semblait désireux d'ajouter autre chose à cette phrase. Pourtant, il n'en fit rien. Ses lèvres formaient une ligne fine, comme s'il essayait très fort de retenir quelque chose.

Je pris cela comme le signe qu'il était sur le point de sortir une crasse quelconque, et je me sentis presque fier qu'il se soit réprimé. Je baissai les yeux vers mes notes.

— C'est une question à laquelle vous n'avez pas besoin de répondre, néanmoins ce serait très utile de savoir si vous avez des objections religieuses à la situation dont nous devrions tenir compte ?

— Seigneur, non ! s'exclama-t-il, avant de ricaner à sa propre plaisanterie.

Il se reprit rapidement et força son visage à arborer une expression sérieuse.

— Désolé, je n'ai pas pu m'en empêcher.

C'est précisément là où réside votre problème, Monsieur Hockey Guy.

Je fis mentalement une croix concernant la religion, et ajoutai un autre bâton dans la colonne de formation à la sensibilité, parce que ce type n'avait aucun filtre dans la bouche.

— Avez-vous des questions pour moi ? demandai-je, essayant de mettre un terme miséricordieux à cette réunion.

— C'est tout ? s'enquit-il, paraissant surpris.

— C'était juste un premier contact afin d'apprendre à mieux connaître l'équipe.

Adler croisa les bras sur son torse à nouveau, et je vis les muscles se contracter. Cet homme était fort.

— Vous ne voulez pas me poser de questions plus personnelles ?

— Nous en parlerons longuement plus tard, après la formation sur la sensibilité.

— Franchement, pas d'autres questions ?

— Non. Mon objectif principal est d'établir une présence sur les réseaux sociaux qui soutienne l'ensemble de l'équipe et présente un front uni et égal.

Il hocha lentement la tête.

— Vous voulez dire qu'à l'extérieur, nous devons

chanter des putains d'éloges de toutes les joyeuses lettres de l'alphabet sexuel dans toutes ses itérations ?

Je voulais ajouter que c'était précisément la raison pour laquelle il avait besoin de s'entraîner afin de parler de manière appropriée. Je n'en fis rien.

— Cette situation est potentiellement explosive, Monsieur Lockhart. Les Railers pourraient offrir un exemple très positif ici.

— Allez-vous arrêter de m'appeler comme ça ? Je m'appelle Adler, ou Ad, ou Adzee si vous voulez utiliser l'habitude des surnoms dans le milieu du hockey, en ajoutant un « zee » à la fin de chaque nom de famille. Ce qui ferait de vous, Foxxzee, ce qui est cool.

J'ignorai sa réflexion.

— Adler, vous ne comprenez peut-être pas la situation dans son ensemble, mais c'est le premier joueur de la LNH à affirmer clairement qui il est afin qu'il puisse vivre ouvertement avec son partenaire.

— Je comprends, répondit-il, sur la défensive. Je ne suis pas stupide, je ne pige pas pourquoi ce doit être un gros truc.

Il avait sincèrement l'air perplexe, réaction typique de quelqu'un qui n'avait jamais eu à se battre pour être reconnu. J'étais prêt à parier qu'il n'avait pas eu à se dresser pour son identité, de quelque manière que ce soit, et qu'il n'avait jamais connu un seul jour de peur. J'aurais beaucoup aimé lui sortir cela, toutefois, ce n'était pas le lieu pour ce genre de discussion. Il s'agissait simplement d'une réunion préliminaire, et n'avait rien à voir avec la lutte contre l'ignorance. Il convenait d'établir une base de référence, une rapide confrontation avec chaque joueur pour appréhender le travail que j'aurais à effectuer afin de présenter une équipe soudée. L'éducation, la prise de conscience, la sensibilité, voilà de quoi il était question.

— Merci d'être venu, repris-je, cependant, il chassa mes mots d'un geste de la main.

— L'amour est l'amour, non ? Je veux dire… Je n'ai jamais été amoureux d'un homme. Et vous ?

Attends ! D'où cela vient-il ? Ne vient-il pas de se contredire là ? Une minute, il déclare que l'amour est l'amour, puis il continue avec le fait d'aimer un homme…

— La première session est demain, après la séance de patinage matinale, poursuivis-je, ignorant ses paroles.

Il semblait frustré.

— Je ne comprends pas, lança-t-il sèchement. Pourquoi devrait-on en faire toute une histoire ? Bordel, c'est pire quand il s'agit d'un joueur qui baise son entraîneur qu'entre deux hommes !

D'accord, rien de ce qu'il disait n'était logique à présent, et j'avais honnêtement besoin qu'il sorte de ce petit bureau, parce que, bon sang, cet homme passionné et presque en colère me mettait incroyablement mal à l'aise. Je me levai, contournai le bureau et ouvris la porte.

— Merci, dis-je, espérant qu'il comprendrait.

Il se redressa et me fit face, beaucoup trop près à mon goût, et je pouvais voir que son expression était passée de confuse à très concentrée. Il avança vers la porte, mais au lieu de sortir, il s'appuya dessus, jusqu'à ce qu'elle se referme et que nous nous retrouvions tous deux enfermés à l'intérieur.

Je n'aimais pas ça, je pouvais sentir ma poitrine se comprimer. Personne n'avait laissé entendre qu'Adler Lockhart était le genre d'homme à intimider, pourtant, j'avais l'impression d'être de retour à l'école.

— Vous avez oublié une question vitale sur votre liste, déclara-t-il, les mains posées sur les hanches, sa grande silhouette bloquant complètement la seule porte de sortie de la pièce.

Repoussant de force le bruit qui se précipitait dans ma tête, je reculai légèrement jusqu'à ce que mes fesses heurtent le bureau. Je posais les mains derrière moi, cherchant l'agrafeuse. Elle n'était pas grande, pour autant, suffisante pour faire de poing une arme.

— Quoi donc ? demandai-je, attendant l'attaque au vitriol et l'éclair de violence.

— Vous ne m'avez jamais demandé comment je m'identifiais, vous devez ajouter cela à votre liste, avant d'inciter les gens à apprendre à être sensibles envers une question d'orientation sexuelle. Ensuite, vous devez évoquer un paragraphe comme quoi rien ne sortira de cette pièce.

— La formation couvrira…

— Demandez-le-moi maintenant, m'interrompit-il, ses mains tombant de ses hanches et pendant à ses côtés.

Elles ne formaient pas des poings, il n'était ni vexé ni en colère, il exigeait littéralement que je lui pose la question.

— Allez, continua-t-il. Dites : Adler Lockhart, avec qui aimez-vous coucher pendant votre temps libre ? Et vous verrez ce que je répondrai.

— C'est totalement ridicule ! crachai-je. Vous feriez mieux de partir.

Son expression corporelle criait détendu et taquin, toutefois son défi me faisait peur.

— Allez… Demandez-le-moi ! répéta-t-il

Je voulais juste sortir de la pièce. Je me sentais perdu

et stressé, et il attendait quelque chose de ma part, Dieu seul savait quoi.

— Pour l'amour de Dieu ! Quelle est votre orientation sexuelle ?

Il hocha alors la tête, et s'éloigna de la porte.

— Je suis gay, annonça-t-il.

Je ne le crus pas.

— Vous pouvez y aller, rétorquai-je, crispé de colère.

Ce n'était pas qu'il essayait de remettre en cause mon autorité ou de m'intimider, ce n'était qu'une énorme putain de vanne.

— Non, je suis sérieux. Je baise des mecs, ou le contraire – le plus souvent, c'est moi qui les prends. Alors, je n'ai pas besoin de cette formation au politiquement correct. Et vous ne pouvez le répéter à personne, car je n'ai même pas fait de coming-out auprès de l'équipe.

Je le dévisageai et remarquai à quel point il paraissait sincère. Cet homme était-il réellement gay ? Bon sang, s'il déclarait ceci afin d'éviter la formation, il avait besoin de comprendre que les mots et les mensonges faisaient mal.

— C'est bon ? reprit-il. Je peux éviter la formation ?

Croyait-il vraiment qu'il n'était pas un désastre ambulant avec une bouche qui passait son temps à vomir des insanités ? Le fait de reconnaître qu'il était gay ? Cela ne prouvait rien, bien que, s'il disait la vérité, je devais alors repenser aux questions types que je devais poser lors de l'évaluation initiale.

— Vous pouvez y aller, réitérai-je.

— Mais, je viens de…

— Je vous verrai demain à la séance. Toutes les informations sont affichées sur le tableau dans les vestiaires.

Il soupira bruyamment et ouvrit la porte. Mon soulagement fut de courte durée quand il ne sortit pas, et qu'au contraire, il resta sur le seuil.

— Je pense que c'est cool de voir un couple comme Ten et Coach qui ne semble pas s'autodétruire au bout de quelques mois. J'espère qu'ils sont très heureux et j'assisterai à la formation afin que vous puissiez cocher vos cases, même si je ne l'apprécierais pas.

Il s'éloigna alors, refermant la porte derrière lui.

Dès qu'elle fut close, je pus sentir la tension de mon corps se dissiper un peu, alors que j'essayais de faire le tri dans les sentiments qui m'habitaient.

Était-il stupide qu'une fois la peur retombée, à sa place, se dresse une véritable excitation ? Était-ce normal de me sentir totalement perdu à propos de l'homme qui venait juste de partir ?

Heureusement, le joueur suivant était ce grand russe appelé Stanislav Lyamin.

— Appelle Stan, dit-il, tendant sa grosse main charnue.

Je la serrai. Il avait une poigne de fer, un grand sourire, des yeux doux et un tatouage sur son biceps d'un personnage jaune et j'aurais pu jurer qu'il s'agissait d'un Pokémon. Intéressant.

— Avez-vous besoin d'un traducteur ? demandai-je en anglais.

Non pas que j'aurais pu en faire de même en russe. Il me regarda fixement. J'ouvris donc mon portable et cherchai Google Translate. Je tapai « avez-vous besoin d'un traducteur ? » et il afficha « Вам нужен переводчик ? » Je pouvais le lui montrer, à moins que je n'utilise l'écriture phonétique marquée en dessous.

— Vam nuzhen perevodchik ? répétai-je.

Il me dévisagea à nouveau, puis juste au moment où j'envisageais de contacter la direction pour réclamer un traducteur, il laissa échapper un grand rire.

— Anglais bon, répondit-il, me laissant un gros doute quant à la qualité de son anglais.

Je me raclai la gorge, supposant qu'il désirait être appelé Stan, et jouai de la tactique dilatoire qui consistait à prendre une longue gorgée de ma tasse de café qui refroidissait.

— Caféine mauvaise, déclara Stan, puis il prit le Snickers sur mon bureau. Il plissa le nez à leur vue, avant de me dévisager. Déjeuner ? demanda-t-il, avant de laisser tomber la barre chocolatée sur mes papiers.

Ouais, un Snickers et un café constituaient mon déjeuner, mais c'était seulement parce que je n'avais pas le temps de m'arrêter aujourd'hui. Le chocolat plus la caféine équivalait à de l'énergie, ce dont j'avais grandement besoin.

— Oui.

— Manger est merde, da ? reprit-il.

— Da, reconnus-je, avant de hausser les épaules comme pour dire « que puis-je y faire » ?

Il fronça les sourcils et se pencha en avant, je me préparai pour d'autres commentaires en russe. Il ne parla pas.

— D'accord, dis-je, préparant ce que je voulais poser comme question ensuite et effaçant les mots de Google Translate.

— D'accord, répéta joyeusement Stan qui se leva et quitta le bureau en fermant la porte derrière lui.

Oh ! Cela s'est bien passé. Je suppose que j'ai vraiment besoin d'un traducteur.

Quelqu'un frappa à la porte.

— Entrez ! lançai-je et le panneau s'ouvrit.

Un autre grand joueur de hockey se trouvait là, semblant préférer être ailleurs.

Eh bien, moi aussi. Je ne savais pas si je pouvais gérer un autre rendez-vous dans cette petite pièce avec la porte close – surtout pas lorsque les restes d'une anxiété diffuse refusaient de me quitter.

Je suis un professionnel, je peux le faire.

— Salut.

Je tendis la main.

Le joueur en question la serra avant de s'agiter rapidement.

— Dieter Lehmann…

Il dansait d'un pied sur l'autre comme s'il était nerveux.

—… Mon numéro de maillot est le 56, je joue sur l'aile gauche.

Il s'interrompit et sembla reprendre ses esprits, parce que sa nervosité s'estompa et brusquement, il était pleinement confiant.

— Je suis un dieu du sexe polyvalent.

J'aimai la façon dont les joueurs de hockey s'identifiaient par leur nom, leur position et leur numéro. La partie concernant le « dieu du sexe » était relativement inquiétante, cependant. Je le dévisageai, toutefois, il ne rétracta pas sa déclaration. Génial ! Il avait l'air un peu pâle et fatigué, mais connaissant les sportifs, il avait probablement dû passer toute la nuit à faire la fête. Mon travail était vraiment surprenant ici.

— Prenez un siège, Dieter.

Il s'installa et se tortilla comme s'il n'était pas à l'aise.

Finalement, il releva la tête et je remarquai que cette confiance n'avait pas disparu.

— Avant que nous commencions, reprit-il. J'ai le numéro 56 maintenant, or, si vos documents me montrent avec un 69 sur mon maillot à l'époque de l'université, alors vous devez savoir qu'il ne s'agissait que d'une blague. D'accord ?

Je hochai la tête et gémis intérieurement. La journée allait être longue.

Chapitre Quatre

Adler

CE CONNARD NE M'A PAS CRU !

Cette idée avait rebondi dans ma tête pendant toute la matinée. Pourquoi ne me croyait-il pas ? Je veux dire… allez… ? J'avoue au type que je suis gay et il me regarde comme si j'étais le plus grand menteur du monde, avant de me jeter tel un hamburger grouillant de botulisme. Ce n'était pas comme si je disais tout le temps aux gens que j'étais gay. Apollo le savait, mais c'était mon frère d'une autre mère… et d'un autre père aussi. Il n'y avait que Cole et Karrie Anne qui étaient au courant, et Layton Foxx aussi à présent. Aucun d'entre eux, en dehors d'Apollo, n'y avait accordé le moindre intérêt. Comment ne pouviez-vous pas vous soucier de quelque chose d'aussi important ?

— Y a-t-il une raison à votre présence ici ?

Je lançai un regard confus à l'entraîneur Madsen.

— Les exercices offensifs sont terminés. C'est une réunion concernant les défenseurs.

Je jetai un coup d'œil autour de moi et remarquai que les joueurs des lignes de défense m'observaient.

— Oh, ouais, ouais, je le sais. Je me demandais juste si quelqu'un avait vu ce film avec ce type et cette nana ? Non ? Quel dommage ! C'est vraiment bien. Rien que des explosions. Je vais y aller maintenant.

Adler, tu es un crétin !

L'un des responsables de l'équipement avait glissé des protèges-lames sur mes patins et je m'écrasai face contre terre, le visage écarlate, des nœuds dans le ventre, fixant mon objectif sur les vestiaires. Sincèrement. J'avais eu l'intention de prendre une douche et de rentrer chez moi pour parler à Apollo. Puis j'aurais mangé, serai revenu à la grange, et serais sorti afin de montrer mon impertinence à tout Philadelphie. Puis j'avais vu Layton Foxx dans cette pièce minuscule, et tous mes plans étaient tombés à l'eau. Je m'arrêtai net dans mon élan, fis demi-tour et revins vers la salle de presse. Il releva brusquement la tête et ses yeux – d'un incroyable gris orageux avec d'épais cils noirs – s'illuminèrent lorsqu'il me vit. Il attrapa l'agrafeuse.

— Okay, tu vois, j'ai ce problème…

J'utilisai ma crosse pour refermer la porte.

— Je ne pense pas que tu aies bien compris à quel point c'était difficile pour moi de t'avouer que je suis gay.

— J'aimerais sincèrement que vous laissiez la porte ouverte.

Il tenait cette agrafeuse comme s'il s'agissait d'un Ruger ou n'importe quelle autre arme.

— Nous en avons terminé pour la journée.

— Ouais, je le pensais aussi, seulement, vu la manière

dont tu m'as traité, cela m'est resté coincé en travers de la gorge.

Je me cognai le torse de ma main gantée.

Layton m'examina nerveusement. Il était tellement attirant dans ce style homme d'affaires crispé. Il avait besoin que je le sorte de ce costume élégant, que je l'allonge sur ce bureau hideux et que je lui fasse l'amour jusqu'à ce qu'il se détende complètement. J'étais prêt à parier qu'il était passif. Du moins, je l'espérais. Il avait également besoin de lâcher cette foutue agrafeuse.

— Vas-tu essayer de me tirer dans l'œil avec cette agrafeuse ou quoi ?

— Quoi ? Non.

Il la reposa sur le bureau, mais conserva une main soigneusement manucurée posée dessus. Il avait de beaux doigts. Ils semblaient doux, comme s'il n'avait jamais fait de sales boulots ni bricoler sur des moteurs. Non pas que ce soit mon cas non plus, néanmoins, mes mains ressemblaient à toutes celles des joueurs de hockey : écorchées après des combats contre des joueurs adverses et pleines de coupures.

— Vous devez partir.

Non, ce dont j'ai besoin c'est de tendre une main afin d'ajuster ma queue, Foxx. Seigneur, ton surnom te va tellement bien !

— Je pense que tu devrais au moins reconnaître combien c'était difficile pour moi de te parler de mon orientation sexuelle.

Il m'étudia pendant un long moment, ses doigts glissant de l'agrafeuse pour se poser sur le reste de ses piles de papiers et documents.

— Alors, vas-tu balancer quelque chose, ou non ?

— Je comprends à quel point cela a dû être dur pour vous.

— Merci.

Je pivotai, ouvris la porte et me rendis aux vestiaires encore plus confus que je ne l'étais avant que j'intimide Foxx afin de le forcer à dire ce que je voulais entendre. Merde ! Désormais, j'avais l'impression d'être un connard. Un connard avec une érection. Un double connard. Je ne pouvais pas prendre de douche avant que cette saloperie retombe. Cette matinée était officiellement un naufrage en beauté pour le dernier membre en date de l'équipe des Railers. Je ricanai à ma propre blague, puis m'assis, attendant que mon érection disparaisse.

— Tu vois, c'est pour ça que je ne t'autorise pas à poster sur Twitter, râla Apollo, jetant devant moi une assiette de poulet grillé, d'asperges et de riz sauvage. Tu n'as pas de filtre. Tu ouvres simplement la bouche et sors ce que tu as à dire. J'en veux à Cole et Karrie Anne. S'ils avaient passé un peu de bon temps avec toi quand tu étais enfant, tu ne ressentirais pas ce besoin d'être impoli et bruyant afin d'attirer l'attention.

— Je ne suis pas impoli, murmurai-je, avant de découper mon blanc de poulet en lanières.

— Oh, si, tu l'es ! Tu ne le veux pas, pourtant tu l'es. Coupe ça en plus petites bouchées. Je sais que ma mère t'a élevé mieux que cela.

Il renifla avec dédain avant de s'asseoir à côté de moi, à la petite table de la cuisine.

— Je voulais juste une putain de reconnaissance – est-ce si grave ?

— Non, pas du tout, mais tu en as besoin de la part de tes parents, pas d'un parfait étranger.

Il versa un peu d'eau, puis déposa gentiment le verre près de mon assiette.

— J'aurai plus de chances de l'obtenir d'un étranger.

— Oh, Adler ! Merde, mec.

Il passa un bras autour de mon épaule tandis que je mâchais son poulet préparé à la perfection. Il était tendre et délicieux et j'avais, une fois encore, tout fichu en l'air. Déglutir fut difficile pendant un moment.

— Alors, comment arranger ça ? demandai-je, après avoir forcé la bouchée à descendre. Il paraissait terrorisé par moi.

— Tu es plutôt intimidant avec tout ton harnachement, surtout lorsque tu agites ta crosse dans tous les sens.

— Je ne peux pas me faire plus petit, murmurai-je.

Je mangeai en silence pendant qu'Apollo énumérait une quarantaine d'idées quant à la façon d'améliorer la situation avec Layton Foxx. Aucune d'entre elles ne marcherait dans la vie pratique. Pouvez-vous m'imaginer lui offrir un joli stylo en guise d'excuse ? Vraiment ? Cela fonctionnerait-il ? Hmm… Peut-être… Il semblait être le genre de gars qui appréciait les stylos. Et les agrafeuses. Oh, ouais ! Une nouvelle agrafeuse. Ce serait bien, non ? Bien sûr ! Enfin, sans doute pas. Je ne devrais pas lui offrir de fournitures de bureau qui pouvaient également faire office d'armes. Je lui achèterai un nouveau crayon en chemin pour aller à l'aréna et le lui offrirai demain après avoir patiné, et qu'on m'aura transformé en joueur de hockey plus politiquement correct. Et il pensait que je ne pouvais pas être sensible ? Pfff !

———

— Sais-tu que tous les membres de ton équipe te détestent ? demandai-je à l'ailier de Philly qui me poussait dans un coin. Sérieusement, mec. C'est le cas. Je les ai entendus.

— Peu importe, Lockhart. Comment ça se passe à Poudlard ?

— Ah, je vois ce que tu cherches à faire. Comme si personne n'avait jamais fait le rapprochement entre mon nom de famille et Gilderoy Lockhart auparavant.

Je roulai des yeux et m'appuyai contre lui, alors que les centres s'alignaient pour une remise en jeu.

— Tu vois, c'est pour ça que tes équipiers te haïssent. C'est à cause de réflexions comme ça !

Le palet frappa la glace. Mon centre me le passa et je le renvoyai à l'un de nos défenseurs qui décolla comme une fusée, mais finit par se retrouver le cul par terre par l'un des ailiers agressifs de Philly. Cela provoqua une réaction de la part de l'un des Railers qui obtint une pénalité pour avoir malmené un joueur adverse.

Je patinai doucement afin de reprendre mon souffle et attendre que notre désavantage numérique soit comblé. Arvy s'assit à côté de moi, bougonnant à propos de Philly et de la façon dont ils servaient toujours aussi bien des rebords de la patinoire. Est-ce que j'avais quelque chose de prévu après le match et avais-je commencé mes cadeaux de Noël, parce qu'il avait aperçu le sac provenant d'un magasin de fournitures de bureau et se demandait si sa mère aimerait un cadeau similaire.

— Ouais, ils sont durs avec les rebonds. Non, ce n'est pas un cadeau de Noël. Tout le monde aime les beaux stylos.

Là, cela devrait le faire taire.

— Tu as acheté un stylo à quelqu'un ? Genre sac de Bic ?

... ou pas...

— Non, mec, pas des Bics. Je vais lui offrir une parure de Montblanc, répondis-je tandis que je tentais de rester concentré sur le match.

— Lui ? Oh, tu as pris des crayons pour ton père ?

— J'ai... quoi ?

Je retirai mon casque et fis signe à un responsable de l'équipement afin d'obtenir une serviette.

— Bien sûr... ouais, pour mon père.

Je ferais mieux de faire attention à ce que l'on me disait sur le banc. Je m'étais déjà fait botter le cul par l'entraîneur à cause de mon arrivée tardive. Ce n'était pas ma faute si ce foutu magasin de fournitures ici ne possédait pas de boutique Cartier. J'avais dû m'attarder pendant que le mec du magasin avait appelé pour trouver où se situait la boutique la plus proche – qui se trouvait dans King of Prussia – histoire de faire livrer ma commande par porteur spécial à la boutique de Harrisburg. Cela avait ajouté deux cents dollars de plus à la facture, et alors ? Quand vous veniez de dépenser près de six cents dollars pour un stylo et un porte-carte en cuir, que représentaient deux cent cinquante dollars de plus ? C'était une goutte d'eau dans la fortune des Lockhart. L'attente m'avait pris plus de deux heures, et j'étais arrivé à la patinoire juste avec le temps nécessaire pour me préparer et monter sur la glace. D'où l'engueulade de l'entraîneur. Foxxy avait intérêt à apprécier le cadeau.

— Allons-y ! aboya l'entraîneur associé, au-dessus de ma tête.

Je me frottai le visage, puis jetai la serviette sur le banc. J'enfilai mon casque, passai une jambe par-dessus la rambarde et attendis que la première unité revienne. Dès que l'un des hommes fut sorti, je me retrouvai sur la glace, patinant vers l'un des ailiers de Philly qui soulevait sa crosse pour voler la rondelle.

Quelqu'un cria après moi. Je jetai un coup d'œil vers la zone neutre et vit Tennant Rowe, qui aurait dû s'écarter, puisqu'il se trouvait à découvert. Je lui passai la rondelle et nous nous dirigeâmes vers le but, côté Philadelphie. Le gardien de but se mit sur les genoux, ses yeux passant successivement de Rowe à moi, alors que nous foncions vers lui. La foule était debout. Tennant me passa le palet, je le lui renvoyai, et le gardien de Philadelphie comprit qu'il avait des problèmes.

La passe de Rowe fut une bande parfaite, juste devant le filet de Philly. Le gardien fit de son mieux. Il s'étira alors que la rondelle fusait droit vers lui, essayant de la repousser, mais Rowe était diablement doué pour passer. Le palet rebondit de mon patin à ma crosse en attente, et je la lançai au-dessus du gardien alors qu'il luttait pour revenir à son but. Le filet trembla. Lumière rouge. Les fans des Railers partirent dans un tonnerre d'applaudissements. Que c'était agréable ! Un but en désavantage numérique et mon premier point que tant que Railer. J'espérai que mon ancienne équipe de Columbus pourrait voir cela lors des rediffusions et qu'elle réfléchirait à deux fois suite à sa décision de m'échanger.

Rowe et deux autres Railers me submergèrent sur la glace. Je patinai ensuite jusqu'à mon banc et j'eus droit à une vingtaine de poings serrés contre les miens et au palet pour ma collection. Au final, un sacré beau match qui avait abouti à un score solide. Vaincre Philly était toujours agréable.

L'entraîneur Madsen me frappa l'épaule, puis Arvy tapota mon casque. Je scannai la foule, à la recherche d'Apollo. Il devait être là, quelque part, à bondir alors qu'il portait l'un de mes sweat-shirts. Au moins, *quelqu'un* était là pour m'encourager.

Chapitre Cinq

Layton

INITIALEMENT, JE N'AVAIS PAS L'INTENTION DE ME RENDRE au match, même si, en tant que professionnel, je devrais en apprendre davantage sur ce sport. J'avais décidé plus tôt que, après les hauts et les bas de ces deux premiers jours, je devais rentrer chez moi et me détendre.

Puis, je reçus un texto de David. Mon frère avait cette manière incroyable de formuler des mots. « Maman a dit qu'elle t'appellerait ce soir. »

Génial. L'appel de ma mère arriverait à huit heures précises, elle ne changeait jamais ses habitudes. Pourquoi avions-nous besoin de nous reparler aussi vite ? Nous avions déjà discuté la veille au soir et je l'avais écouté passer en revue chacun de mes frères et sœurs, leurs époux respectifs et ses petits-enfants. Avais-je fait quelque chose de mal ? Je ne pouvais pas imaginer ce que cela avait été. La dernière fois qu'elle s'était énervée contre moi, c'était quand j'avais annoncé que je ne reviendrais pas à la maison, et la précédente, c'était parce que je ne lui avais pas avoué que j'étais gay dès que je l'avais moi-même compris.

Comme si cela aurait été une conversation facile. Si je me souviens bien, c'est une annonce que j'ai faite entre David nous informant que sa femme Cindy était de nouveau enceinte, et Louise entamant une table ronde sur le thème des préservatifs.

Quand j'avais laissé échapper ce que je tenais à révéler à ma famille réunie à la table de cuisine, je me souviens de la claque que j'avais reçue à l'arrière de la tête, de la part de maman. Elle avait dit qu'elle le savait – ainsi que tous mes frères maintenant que j'y pensais – puis elle s'était ensuite interrogée sur les raisons pour lesquelles j'en avais fait une si grosse affaire.

Eh bien, merde ! Annoncer que j'étais gay avait été un sujet qui me tracassait depuis des mois.

Ce qui ramena Adler Lockhart et sa présence effrayante à ma mémoire, et c'était une autre raison pour laquelle je voulais éviter le match. Cet homme m'avait secoué, et je ne voulais pas dire juste parce que c'était un grand gars, un sportif, et qu'il m'avait intimidé. Non, c'était plus que ça.

Il s'était légèrement tassé en entrant dans la pièce – essayant de paraître plus petit, avais-je pensé.

Puis, il avait exigé que je reconnaisse à quel point il avait eu du mal à admettre qu'il était gay et que pouvais-je lui répondre ?

Ma famille était loin de porter des jugements, passant d'un état de choc à évoquer la mode et les préservatifs chaque fois que nous nous voyions par la suite. Dans mon cœur, je savais qu'ils ne s'en soucieraient pas, ni de ceux avec qui je choisissais de coucher ni de tomber amoureux, mais ils s'inquiétaient des défis auxquels j'aurais à faire face. C'était comme ça que ma famille prenait soin des siens.

Je les avais rassurés sur le fait que j'obtiendrais mon diplôme et que je pouvais prendre soin de moi. David m'avait fixé comme s'il m'était poussé une deuxième tête, Zach l'avait bousculé du coude, et je m'étais tendu. Je m'en souviens parfaitement.

— Tu n'as pas besoin d'un diplôme, ni de partir. Tu sais que tu peux venir travailler avec moi, marmonna David. Électricien, c'est un bon métier.

— Ou avec moi – la plomberie, entreprise familiale, ajouta Zach.

— Tout ira bien.

Toute ma vie universitaire avait été rigoureusement planifiée, j'avais cumulé trois emplois, économisé chaque centime, obtenu une bourse d'études à l'Université de New York et je savais ce que je voulais faire quand j'aurais fini. Je souhaitais bâtir une carrière que je pourrais façonner moi-même, trouver un bon appartement, un petit ami, vivre une vie différente de celle de mes frères et sœurs, qui s'étaient tous installés dans la même ville où ils étaient nés.

Et je voulais échapper à la honte que je ressentais en regardant mes frères et sœurs, sachant ce qu'ils connaissaient de moi, ce qu'ils avaient vu, comment ils avaient aidé à panser les plaies qui déchiraient mon âme.

— Tu seras seul, déclara Zach, incapable de croiser mon regard et je savais pourquoi.

Ils pensaient tous que j'étais trop endommagé pour

pouvoir surmonter ce qui s'était passé. Mais ce que personne dans ma famille n'avait compris, c'était que, peu importe que je m'en remette ou non, je vivrais ma vie sans laisser la peur m'arrêter.

De plus, je désirais vraiment quitter cette ville, avec les cauchemars qui me poursuivaient à chaque coin de rue. Les gens d'ici savaient tout sur moi et je détestais ça. Je désirais l'anonymat d'une grande ville. J'en avais envie, comme si c'était de l'héroïne et que j'étais un toxicomane.

Maman avait résumé le sentiment partagé.

— Nous serons toujours là pour toi, murmura-t-elle.

D'une manière ou d'une autre, par cette simple phrase, elle avait tout redressé. Jusqu'à ce qu'elle commence à s'inquiéter des dangers et du fait que je ne lui dise rien et, oui, la situation s'était détériorée par la suite. Maman avait alors pensé que je devrais rentrer à la maison après l'université et que les villes n'étaient pas sûres.

Je ne m'étais pas disputé avec eux, bien que je sois en désaccord. La ville était ouverte et sécurisée et je pouvais y être moi-même. Je pourrais avoir un petit ami, boire un café chic, porter un costume, être la première personne de ma famille à aller à l'université et à obtenir un diplôme.

Encore une fois, Adler revint dans mes pensées.

Il n'avait pas ce luxe, ni Ten, et j'avais besoin d'en savoir plus sur l'environnement toxique du hockey qui risquait potentiellement de juger un homme d'après le genre de relation qu'il souhaitait. Il me semblait, d'après certaines conversations que j'avais eues qu'il s'agissait d'un problème plus grave que de « détester les gays », comme l'avait dit Dieter de façon si colorée. C'était après que j'aie suggéré que la moindre insinuation sexuelle était mauvaise. Il avait eu l'air vraiment mal à l'aise, puis s'était illuminé lorsqu'il s'était à nouveau excusé pour le 69 sur son maillot.

À se taper la tête contre le bureau.

Je n'étais donc pas rentré à la maison comme prévu et j'assistai au match, surtout pour éviter d'avoir à parler à ma mère. J'avais un laissez-passer pour m'asseoir dans le box réservé à la presse, ou du moins, pour me poser au bord d'une chaise dans un coin et ne pas prendre trop de place. La direction avait chargé Jane de me donner quelques explications concernant le jeu et j'avais pris des notes. Des quantités énormes de gribouillis auxquels j'espérais trouver un sens lorsque je les regarderais plus tard.

— Chaque match a trois périodes, indiqua-t-elle.

Je ne pus m'empêcher de poser des questions à ce sujet, un fouillis de « pourquoi » et de « quand » qui se termina lorsqu'elle devint confuse, ne sachant plus ce qu'il fallait expliquer en premier.

— Désolé.

Je m'excusai quand elle cessa de parler et fronça les sourcils.

Elle adoucit ses traits.

— Non, ne le soyez pas. C'est difficile de saisir les différentes situations si vous n'avez jamais vu de match auparavant. Je comprends parfaitement.

— C'est ce que vous ressentiez ? demandai-je, espérant me faire une amie dans l'ignorance.

— Moi ? Non, mon père et mon grand-père étaient tous les deux des joueurs et mon père est entraîneur, alors j'ai été élevée dans une famille de hockeyeurs.

Je baissai les yeux sur mes notes,

— Alors, « PK » et « PP » ont des significations différentes ?

Son explication ressemblait à une équation mathématique et je la notai consciencieusement.

— Les pénalités sont de deux minutes, indiqua-t-elle. D'autres, environ cinq, certaines cumulent les deux, voire plus, parfois le joueur va…

Elle s'arrêta et secoua la tête.

— Le mieux serait de regarder le match et de le voir en vrai.

J'acquiesçai, parce que la tête me tournait, et pendant que je l'attendais alors qu'elle allait nous chercher une boisson, je commandai le *Hockey Pour les Nuls* chez Amazon, payant un supplément pour une livraison le lendemain. Peut-être que les règles qui guidaient ce jeu étaient à l'origine de l'hyper-masculinité que j'avais ressentie lors des courtes réunions de la journée. Je savais que les joueurs de hockey se battaient ; l'idée commune étant peut-être que si vous étiez gay, vous ne saviez pas vous battre ? Devrais-je commencer avec le fait que les joueurs de hockey acceptaient et perpétuaient des stéréotypes comme étant la norme ?

Je pensai à Adler. Ce foutu gars revenait encore dans mes pensées. Il était l'archétype du méchant de service, ou du moins, de la manière dont je percevais un méchant, même s'il y avait une certaine douceur dans ses yeux. Il avait travaillé dur pour devenir ce dont il avait besoin d'être. Ce faisant, il avait dû cacher le vrai lui, ainsi que Ten. Je pris quelques notes supplémentaires afin d'effectuer de nouvelles recherches sur d'autres sports. Arvy avait mentionné lors de son entretien que l'une des insultes qu'il entendait fréquemment était de se faire traiter de patineur artistique. Je supposai que les implications signifiaient que les figures du patinage artistique n'étaient pas difficiles, ou peut-être trop flamboyantes. Je notai cela pour effectuer un suivi. Peut-être que les gars de l'équipe avaient besoin de passer une journée avec un patineur artistique pour comprendre à quel point c'était un travail difficile, ce dont j'en étais certain.

Quand Jane revint avec deux cafés et son sourire si caractéristique, il y avait des patineurs sur la glace, mais ils ne faisaient rien de dramatique. Ils formaient la plupart du temps des lignes – enfin, cinq joueurs de chaque équipe, le reste des gars étant répartis sur des bancs séparés. Les maillots des Railers étaient d'un bleu sombre et ceux de l'équipe visiteuse, orange. L'hymne national retentit dans les haut-parleurs, et je réfléchis à ce que les membres de l'équipe – Norvégiens, Allemands, Russes, plus quelques Canadiens – pensaient du fait que l'hymne national était américain. Cela causait-il des frictions ? Était-ce un problème fondamental ?

Bon sang, mon esprit s'emballait.

— Les patineurs là-bas, font partie de ce qu'on appelle la première ligne, expliqua Jane. Trois attaquants, deux défenseurs et évidemment le gardien.

— Stan.

— Oui.

Je lançai mentalement mon poing en l'air, parce que j'avais au moins un nom exact.

— Ten est-il sur la glace pour commencer ?

— Non, il est notre centre de deuxième ligne, avec Lockhart et Lehmann sur ses ailes – il sera actif quand ils opèreront le changement.

Quelque chose remua en moi à la mention du nom d'Adler. Stupide.

L'horloge du Jumbotron indiquait 20 h, puis la rondelle tomba et je n'eus plus une seule seconde pour prendre des notes. Les changements étaient omniprésents, les hommes sautant sur les planches à un rythme qui ne me paraissait pas logique au début, les chiffres sur leurs maillots devenaient flous alors que la rondelle montait et descendait sur la glace.

Eh bien, je devais reconnaître que cela allait vite. En fait, je ne m'en rendis pas vraiment compte. Cela me prit deux périodes complètes avant que je réalise que j'essayais de suivre la mauvaise action et que je devais regarder la situation dans son ensemble. Les Railers marquèrent deux fois au cours de la deuxième période, et les Flyers en mirent un, alors, durant la dernière période, c'était comme si toute la foule des supporters en bleu se retrouvait debout chaque fois que les Railers avaient le palet.

Ten était rapide. Il n'avait pas encore marqué de but, cependant, il bénéficiait d'une aide précieuse, ce qui était une bonne chose, apparemment. Bon sang, il enchaînait les incursions sur le territoire de l'autre équipe, et je ne pus m'empêcher de trouver que la vitesse, les compétences et la confiance absolue étaient sexy.

Adler arriva sur la glace et... attendez, il y avait confusion. Ten ne venait-il pas de terminer une action en supériorité numérique ou quelque chose du genre ? Ten avait la rondelle, il la passa à Adler, il y avait une certaine fantaisie dans leurs échanges, puis le stade entier éclata de joie quand Adler lança le palet dans le filet.

La corne de but retentit, la East River Arena était en plein chaos et je ne pense même pas y avoir réfléchi, je me retrouvai debout aux côtés de Jane à encourager les Railers.

Adler.

Putain de mec.

Je le vis étreindre Ten et les autres sur la glace, puis échanger des coups de poing avec ses coéquipiers. L'ambiance dans l'arène changea, les fans scandant sans cesse le nom de Stan, comme si tout le monde se sentait gagnant.

Les dernières minutes s'écoulèrent dans un flou d'hommes se battant encore, bien qu'ils soient fatigués, sans plus aucun but.

Nous avions gagné. Les Railers s'alignèrent et cognèrent tous la tête de Stan, puis ils quittèrent la glace, la foule toujours aussi enthousiaste.

— Par ici, indiqua Jane, prenant mon coude pour me guider hors du box de la presse, puis dans des couloirs sinueux, pour finir devant les vestiaires. C'est la prérogative des médias, expliqua-t-elle avant de me faire entrer.

Dès mon arrivée, j'eus l'impression que cela ressemblait à un film porno.

D'accord, personne n'était nu, en fait, beaucoup de joueurs portaient de fins tee-shirts, et certains avaient encore leurs tenues complètes. Sauf... Adler. Il était déjà torse nu et uniquement vêtu de ce short minuscule. Et il était interviewé.

Je fus poussé en avant, je suppose afin de profiter de l'entrevue d'après-match, mais cela me plaçait beaucoup trop près d'Adler, qui me repéra et soutint mon regard alors qu'il répondait à une question sur un but en désavantage numérique, quoi que ce fût. Quelque chose se passa entre nous, une sorte de reconnaissance, et je le vis cligner de l'œil, la poitrine serrée. Je ne comprenais pas ce qui venait de se passer. Peut-être était-ce juste une façon de dire que je croyais ce qu'il m'avait dit et que je garderais ses secrets.

— Parlez-nous du but, demanda une femme, plaçant un microphone devant lui et l'agitant sous son nez.

Il était cerné, entouré d'une dizaine de personnes, toutes équipées de microphones ou de dispositifs d'enregistrement, et je savais que je ne serais pas capable de gérer cela. Il commença à parler de l'aspect technique du but, et il y eut des hochements de tête dans le petit groupe, et quelques félicitations. Il a levé une rondelle et deux d'entre eux prirent des photos. Il était en sueur, une serviette autour du cou et avait l'air si détendu et heureux.

— Que ressentez-vous après ce but ? demanda quelqu'un.

Il me regarda à nouveau alors qu'il répondait à la dernière question.

— Génial, dit-il.

Je ne pus m'en empêcher, je lui souris, sa joie et son enthousiasme étaient contagieux, et il me rendit son sourire. Quelqu'un me poussa par-derrière, pas délibérément, cependant, je me tendis et le sourire disparut de mon visage.

Je me retournai et je partis.

Toutefois, pas avant de remarquer une expression étrange sur les traits d'Adler. De la préoccupation peut-être ?

La dernière chose dont j'avais besoin était de quelqu'un qui s'inquiète de mes problèmes, et de toute façon, à mon retour dans le petit bureau avec mon cahier, tout allait bien. Je sortis un nouveau carnet et commençai à retranscrire dans l'ordre mes notes gribouillées. J'avais tout séparé : observations, résultats, conclusions et domaines de recherches possibles. Patinage artistique. Préjugé sexuel endémique. Il y avait autre chose que je devais ajouter, toutefois, je ne pouvais pas le préciser dans mes notes.

Lorsque je réalisai ce que j'avais écrit, je refermai délibérément les brouillons et glissai le tout dans mon tiroir.

Adler Lockhart, maillot 62, deuxième ligne, yeux d'un ciel d'été.

Au moment où je quittai le bureau, il semblerait que l'East River contenait encore du personnel et quelques joueurs. Le garage qui était assigné au personnel était à moitié plein et tout ce que je voulais, c'était monter dans ma voiture et rentrer chez moi. J'aperçus Adler avant qu'il me repère, il se tenait à côté d'une magnifique voiture de sport argentée, une des nombreuses qui se trouvaient ici. En fait, vous pouviez aisément comprendre quelles voitures appartenaient aux joueurs. Elles étaient brillantes, avec des caisses basses et arboraient des logos comme Porsche ou Ferrari, ou bien c'était d'énormes SUV monstrueux.

Je me décidai à aller parler à Adler, cependant, quand je m'approchai, je remarquai qu'il discutait avec quelqu'un et je fis un détour pour regagner ma voiture. La conversation qu'ils avaient semblait passionnée et l'autre personne, un homme à la peau sombre portant un maillot des Railers, avait les mains croisées sur la poitrine et semblait écouter Adler avec attention.

Était-il son petit ami ? Ils se tenaient très proches l'un de l'autre et quand Adler l'attira à lui pour un câlin, je devinai que j'avais eu raison. Puis je jetai un coup d'œil sur le parking. Et si quelqu'un sortait et les voyait ? Je croyais qu'Adler voulait garder son secret ?

Ils grimpèrent dans la voiture et je restai dans l'ombre, près de mon propre véhicule jusqu'à leur départ. Sautant à l'intérieur, je rentrai chez moi, décidant de mentionner à Adler que les secrets ne resteraient pas longtemps cachés s'il étreignait son petit ami, à la vue de tous.

Je ne pensai certainement pas au regard que nous avions échangé ni à la sensation non identifiable qui s'était desserrée dans ma poitrine.

Pas du tout.

Chapitre Six

Adler

JE ME RÉVEILLAI EN ME SENTANT BIEN. J'AVAIS MARQUÉ LE but de la victoire hier soir. Apollo et moi avions joué à un jeu méchamment dur de tirs de zombies sur la Xbox avant d'aller au lit et je l'avais écrasé comme un soufflé. Écrase-t-on des soufflés ? Peu importe ! Il était lui-même devenu un véritable zombie sans cervelle, et pas moi, alors, allez Adler !

Layton et moi avions établi un contact visuel et il y avait eu quelque chose… de tendre ou d'attentif dans son regard. Je rêvais de toucher son visage et d'embrasser sa colonne vertébrale tout du long jusqu'à son petit cul arrondi.

Dans l'espoir de garder de bonnes vibrations pour cette nouvelle journée, je sautai hors du lit, me battant sous la douche, parce que je rêvais d'embrasser une épine dorsale, mangeai le plat d'œufs et de bacon qu'Apollo mit devant moi avant que de recevoir un commentaire concernant le genre de photos de vacances à accrocher, qu'il devrait mettre sur les portes coulissantes en verre. Je m'en fichais, car personne ne les verrait et je les ignorerais. Il pourrait aussi bien mettre des posters de Layton Foxx nu là-haut et…

Je m'arrêtai et jetai un coup d'œil sur les panneaux coulissants. Si Layton Foxx nu se retrouvait collé là, je le remarquerais. Bordel, je serais là-bas en train de lécher le foutu verre. Merde, mon sexe se tortillait déjà. Cet homme me transformait en une érection vivante d'un mètre quatre-vingt-treize. Je jetai un coup d'œil au stylo bien emballé dans mon sac, enfilai un manteau par-dessus ma veste de costume et me dirigeai vers la patinoire.

Écoutant Cinderella alors que je me faufilais dans la circulation matinale de Harrisburg, je passai en revue quelques scénarios possibles à propos de l'offre de cadeaux sur la sensibilisation prévue après la séance du matin. Je m'entraînai avec quelques phrases, mais aucune d'entre elles ne me paraissait convaincante, je choisis donc d'improviser. Qu'est-ce qui pourrait mal se passer ? Je veux dire… bon. J'allais lui offrir un stylo Montblanc. Peut-être qu'il serait si reconnaissant et impressionné par mon cadeau qu'il me permettrait de lui faire cette fellation dont j'avais secrètement rêvé la nuit précédente alors que je tentais de m'endormir. J'étais prêt à parier que ces yeux gris s'assombrissaient comme un coup de tonnerre quand il était aimé.

— Oh mec, stop… grognai-je à mon sexe, alors qu'il se raidissait encore.

Génial. Foutu organe. Je contournai le parking du stade jusqu'à ce que mon érection disparaisse.

L'entraînement matinal dura une éternité. Rowe était

partout autour de moi à la minute où je retournai au vestiaire après la séance, racontant que mon ajout à l'équipe était de toute évidence un atout, que de toute évidence, nous nous entendions bien sur la glace et que son entraîneur Madsen et lui avaient installé leur sapin de Noël la veille.

— Premier Noël ensemble, indiqua Ten alors qu'une soudaine rougeur colorait son visage.

Mon teint passa de blanc – avec mon bronzage perdu – au vert de jalousie. Je m'excusai, affirmant que je devais aller aux toilettes à cause d'un mauvais burrito que j'avais acheté à la station-service en arrivant. L'envie était une sale émotion. Je n'aimais pas être jaloux, mais c'était un sentiment familier. J'avais passé mon enfance à être jaloux du temps que mes parents consacraient à leur travail, à leurs loisirs, leurs voyages et leurs amis. De la relation d'Apollo avec sa mère et son père. Même des frères Wright, car c'était eux qui avaient découvert comment faire décoller les gens du sol. Alors oui, en grandissant, j'étais envieux des avions parce que mes parents, Cole et Karrie Anne, passaient plus de temps avec leur jet et leur pilote personnel qu'ils ne le faisaient avec moi.

Ugh ! Je devais arrêter ça.

Pense à quelque chose de positif, m'ordonnai-je alors que je rentrais dans les vestiaires.

Un déshabillage rapide et une douche, les doigts dans les cheveux et une vérification brève de la cravate. Le paquet emballé dans du papier argenté avec un nœud bleu fait à la main, je trottinai en passant devant la salle de musculation. Je rangeai le cadeau dans la poche de ma veste de costume. La porte du petit bureau où Foxx avait été installé était ouverte, aussi je me précipitai à l'intérieur avant que quiconque puisse me voir et je la refermai. Layton eut l'air moins affolé en me voyant entrer dans son bureau cette fois. Je penchai mes épaules vers l'avant afin de ne pas prendre trop de place dans cette zone exiguë.

— Vous êtes en avance, déclara Layton.

Il avait l'air magnifique aujourd'hui. Les rayures gris foncé lui allaient à merveille, mettant en évidence ses larges épaules. Sur son revers se trouvait un pin's avec un drapeau arc-en-ciel.

— Je suis heureux de voir que vous êtes si enthousiaste à l'idée d'améliorer vos compétences en interaction sociale.

— Oui, oui, totalement. Alors, tiens...

Je sortis le paquet de ma veste. Les yeux ardents de Layton s'élargirent. Je lui tendis le cadeau.

— C'est pour toi.

— Noël est dans trois semaines, murmura-t-il, regardant le présent comme s'il risquait de lui exploser au visage ou quelque chose du genre. Et je ne suis pas sûr que vous et moi devions échanger...

— Ce n'est pas un cadeau de Noël. C'en est un pour m'excuser.

Je le lui tendis à nouveau. Il recula. Okay, il pensait sérieusement que c'était un appareil incendiaire. Sinon, pourquoi ne le prenait-il pas ?

— Ce n'était pas nécessaire.

— Au contraire.

Je posai la boîte sur son bureau, juste à côté de cette agrafeuse qu'il semblait toujours avoir à portée de main. Il leva la tête vers moi. Je le regardai... ses yeux... me perdis moi-même ainsi que mes pensées alors que je remarquais la timidité et le désir tourbillonner dans ces profondeurs d'étain. Je m'assis pour me rendre moins intimidant.

— Ouvre-le.

— Monsieur Lockhart…

— Adler. Monsieur Lockhart est mon père. Enfin…

Je laissai mon regard effleurer sa mâchoire ferme.

—… ce n'est pas comme ça que je l'appelle. Il est Cole pour moi. Comme maman est Karrie Anne. C'est ainsi que mes cadeaux et les chèques sont toujours signés. Les cartes aussi. « Amour, Cole et Karrie Anne Lockhart » Amusant, hein ?

— Et bien, je...

— Je veux dire, les cadeaux sont toujours d'excellente qualité, alors ce n'est pas comme si c'était de la merde. J'aimerais que tu l'ouvres et que tu comprennes à quel point je suis désolé.

Je me penchai vers le bureau pour faire glisser la boîte joliment emballée sur les papiers et les notes.

— Vous n'aviez pas besoin de m'acheter quoi que ce soit. Des excuses sincères suffisent.

— Ce sont des excuses qui viennent de la boutique Cartier.

Y avait-il une raison pour laquelle il ne comprenait pas ? L'amour venait dans des boîtes de chez Cartier, Tiffany, ou Van Cleef & Arpels. Tout le monde savait ça.

— Je ne peux pas accepter un cadeau aussi coûteux, Adler. Mais merci.

Il repoussa la boîte vers moi. Mon esprit luttait afin de trouver un sens logique à cela.

— Nous devrions peut-être commencer par parler de la façon dont certains mots peuvent être mal interprétés lorsqu'ils sont utilisés dans...

Je me levai. Il en fit autant. D'accord, c'était parfait. Il avait l'air bien debout. Assis aussi. Allongé sous moi dans un lit aussi, je parierais.

— Je ne comprends pas. C'est moi qui essaie de te rendre heureux. Ce n'est pas un petit cadeau quelconque de chez K-Mart ou quelque chose du genre. J'ai passé des heures à trouver ceci et à le faire venir pour toi. J'étais presque en retard pour le match, car ils devaient l'envoyer au King of Prussia à Harrisburg. J'ai mis beaucoup de prévenance dans ce cadeau, Foxx. Le moins que tu puisses faire est de l'accepter.

Sa belle mâchoire se crispa. Ah, eh bien, maintenant, il faisait preuve d'un peu de feu. Pour être honnête, cela le rendait encore plus attrayant. Je parierais qu'il était un passif vif une fois passée sa docilité apparente, car il y avait de toute évidence de l'ardeur dans cet homme.

— Je pense avoir dit que je ne pouvais pas l'accepter.

Il croisa les bras sur sa poitrine alors que son regard se verrouillait au mien.

— Je suis désolé que vous ayez eu des ennuis à cause de cela, cependant, ce n'est pas de ma faute. Maintenant, si vous voulez bien vous asseoir pour que nous puissions commencer à travailler sur votre entraînement à la sensibilité ?

— Je suis sensible à toutes sortes de choses ! aboyai-je.

Il arqua un sourcil noir.

— Quoi ? Tu penses que passer des heures à jouer à un stupide jeu où il faut faire tomber des pierres précieuses pendant que le stylo parfait pour l'homme sur lequel tu fantasmes d'embrasser le dos, est en route, n'est pas faire preuve de sensiblerie ?

— Quoi ?

Il toussa. Je clignai des yeux.

— Qu'avez-vous dit ?

— Que j'ai passé des heures à jouer à un jeu stupide sur mon téléphone pendant que j'attendais que le courrier arrive au King of…

— Non, pas ça. L'autre partie de votre commentaire.

Il avait l'air d'avoir chaud et il était tout rouge. Enfin, tout en étant toujours sexy, toutefois, il semblait avoir chaud sous ses vêtements.

— Je ne sais pas ce que j'ai dit.

Sa bouche s'ouvrit et se ferma plusieurs fois. Rien n'en sortit.

— Fais-tu une crise d'épilepsie ou un truc similaire ? demandai-je, alors qu'il semblait avoir du mal à parler ou à respirer.

Je ne savais pas lequel des deux, il cherchait à faire en premier. Peut-être aurait-il besoin de bouche-à-bouche ? Je pourrais m'en occuper.

— Raison pour laquelle vous devez apprendre à ne pas sortir ce qui vous passe par la tête, sans réfléchir, lâcha-t-il finalement.

— Apollo a mentionné la même chose sur le parking hier soir. En fait, il me le répète tout le temps, commentai-je.

Le visage de Layton se contracta.

— C'est un autre point dont nous devons discuter. Si vous n'avez pas encore fait votre coming-out, les démonstrations d'affection en public avec votre petit ami dans des lieux publics ne devraient pas se produire.

— Tu as dit deux fois « en public », soulignai-je.

Cela semblait s'ajouter à ses pensées troublées, ce qui amplifia son émotion, l'envoyant dans la stratosphère.

— M'espionnais-tu ?

— Ne soyez pas stupide.

Il se dirigea vers la porte et l'ouvrit.

— Cette réunion est terminée. Nous n'avons plus de temps et vous ne savez manifestement pas comment vous comporter.

— C'est une chanson de Hall & Oates.

Je ne pouvais pas m'empêcher de regarder sa bouche.

— Et ce gars que j'ai serré dans mes bras sur le parking n'est pas mon petit ami… c'est mon meilleur ami et assistant personnel.

— Oh. Peut-être devriez-vous vous assurer que mon conseil concernant les étalages en public soit directement transmis à votre petit ami.

Je fis un pas vers lui. Il resta là où il était. Je refermai la porte. Il se redressa et humidifia ses lèvres. Un éclair de désir me traversa, jusque dans mon aine. Je voulais mouiller ses lèvres pour lui.

— « Out of Touch » est une chanson de Hall & Oates, dis-je alors que l'attraction magnétique de Layton Foxx me poussait vers lui. Et je n'ai pas de petit ami. Tu veux le boulot ?

— Hall & Oates, c'est… quoi ?

Il fit un pas en arrière, puis hésita, comme s'il venait soudain de se souvenir qu'il refusait d'être intimidé par moi. Le nuage de désir et de phéromones mâles était épais dans l'air. Son eau de Cologne et la mienne se mélangèrent et créèrent un nouvel arôme riche, incitant au péché et vigoureux.

— Je pourrais avoir utilité d'un homme dans ma vie pour empêcher que ma bouche ne sorte trop de bêtises, poursuivis-je d'une voix bourrue.

Ses yeux gris se posèrent sur mes lèvres. Il humidifia de nouveau les siennes. Je me penchai lentement, essayant de lui laisser le temps de s'éloigner, de se glisser dans un coin ou d'attraper cette agrafeuse et de me la planter sur le front. Cependant, il ne fit rien de tout cela.

Il laissa échapper un petit souffle tremblant à travers ses lèvres légèrement écartées alors que je pressais ma bouche sur la sienne. J'inhalai son soupir. Il avait récemment bu un café avec une pointe d'amande. Je souhaitais pouvoir plonger ma langue dans sa bouche pour voir si la crème à l'amaretto qu'il avait visiblement utilisée y demeurait toujours, néanmoins, je me retins. Je me penchai un peu afin d'appliquer une pression supplémentaire. Il était plus petit que moi, mais pas trop. Juste la bonne quantité. Plus svelte aussi. Mon Dieu, je voulais mettre mes mains sur lui et sentir ces angles durs et ces muscles tendus. Ses doigts se posèrent sur mon épaule. Tout le sang qui se précipitait de ma tête à mon aine me laissa étourdi et dur comme une barre d'acier.

Je pris sa joue en coupe, sa peau fraîchement rasée glissant sous mes doigts.

— Ou peut-être un dîner en premier ? m'enquis-je.

Sa réponse fut un déferlement de souffles brûlants effleurant mes lèvres tout juste embrassées. Il voulait accepter. Je le vis dans la façon dont un côté de sa bouche se recourba légèrement vers le haut. Puis ce sourire disparut. L'homme décontracté avec lequel je venais d'échanger mon souffle se transforma en statue, avec un visage figé et des prunelles grises aussi dures que de la pierre

— Vous devez partir. Maintenant. Tout de suite.

Il tâtonna, à la recherche de la poignée de porte.

— Pourquoi ? De quoi as-tu si peur ? C'est toi qui es notoirement gay, seulement, tu agis comme si tu étais terrifié à l'idée d'aller manger un morceau. N'est-ce pas moi qui devrais être paniqué ?

Je caressai son visage. Il me gifla la main afin de la repousser. Je le regardai alors que mon esprit essayait de comprendre ce revirement soudain.

— J'ai peut-être été trop rapide à t'embrasser, mais...

— Sortez !

Il ouvrit la porte à la volée. Elle nous heurta tous les deux à la hanche et nous sépara presque de force. Je fis quelques pas en arrière, levai les mains en un geste qui voulait dire « je m'en vais » comme on le ferait face à un chien terrifié, et surtout en colère.

— Très bien, je vais y aller, cédai-je, franchissant le seuil. Je suis désolé, Layton. Je suis juste… je suis désolé.

Mes poumons se vidèrent et s'écroulèrent, du moins ce fut ce que je ressentais. Son regard passa successivement de sa main sur la poignée à moi. Oui. Un animal terrifié convenait parfaitement à ses actions et à son expression. Je m'écartai de son espace, baissai les mains et tentai de trouver quelque chose d'apaisant et d'intelligent à dire.

Layton me claqua la porte au nez. Wow ! Combien de fois Cole et Karrie Anne m'avaient-ils écarté de la même manière ? Je l'avais laissé tomber d'une manière ou d'une autre, comme je l'avais fait à plusieurs reprises avec mes parents. J'étais un imbécile.

— Je ne voulais pas te décevoir, toi aussi, soupirai-je devant le panneau de bois que j'embrassais à présent à la place d'un homme sexy en costume.

Les lèvres de Layton étaient beaucoup plus savoureuses – et moins fendues – que la porte. Plus douces, aussi. Je laissai traîner un doigt sur une charnière, puis partis. Peut-être souhaitait-il un meilleur cadeau…

Chapitre Sept

Layton

LE CADEAU POSÉ SUR MON BUREAU CONSTITUA UN RAPPEL constant pendant toutes les réunions que j'eus jusqu'au week-end. J'avais essayé de le ranger dans le tiroir, or, j'avais ensuite imaginé Adler entrer et comprendre d'une certaine façon qu'il était toujours là et que je l'avais accepté. J'avais envisagé de l'appeler plus tôt pour lui rappeler qu'il l'avait laissé, mais cela aurait signifié que je devrais le revoir. Dans mon bureau. Ce petit espace exigu sans fenêtres. Adler devait se présenter pour une session, toutefois, il avait déjà annulé deux fois et une partie de moi en était heureuse. Bien sûr, mon côté professionnel abhorrait le fait qu'il ne reçoive pas une bonne information et une bonne éducation, néanmoins, je n'étais pas prêt à le revoir, pas encore.

Tout ça à cause de ce baiser.

Passer de désirer davantage et même plus, à paniquer ne m'avait pas pris plus de quelques secondes, bien que j'aie eu l'impression que cela avait duré une éternité. Il y avait une raison pour que tous les amants que j'avais eus depuis la fac soient plus petits que moi, ou du moins, moins imposants physiquement qu'Adler. Je m'étais senti étouffé alors même que j'étais excité et je repassais en boucle dans ma tête les paroles que mon thérapeute m'avait apprises durant mes jours les plus sombres. *Je suis fort. Ce n'était pas de ma faute.*

Les mots étaient creux. Momentanément, j'avais eu l'impression de n'avoir plus aucun contrôle et je n'aimais pas ce sentiment.

Alors, j'avais caché le cadeau sous un dossier sur mon bureau et j'avais essayé de l'ignorer, en le poussant, ainsi que la chemise, jusqu'au bord.

L'équipe était partie pour un voyage sur les routes cet après-midi et la seule réunion que j'avais eue avant concernait Ten, qui me semblait de plus en plus nerveux, jour après jour. J'avais remarqué que Jared tenait sa main lors de réunions et que lorsqu'il se trouvait seul avec moi, Ten s'agitait beaucoup. Je pris note mentalement de m'asseoir avec lui pour une conversation plus longue.

Felix Cote frappa et passa la tête dans l'entrebâillement de la porte. Je lui souris.

Le propriétaire de l'équipe était un gros ours, un vrai joueur de hockey des années soixante-dix. Il y avait des photos de lui dans le couloir, dans toutes sortes de tenues horribles, des pantalons pattes d'eph' des années soixante-dix aux cheveux longs des années quatre-vingt. Lorsqu'il avait interviewé mon cabinet pour ce poste, il avait longuement parlé d'avoir joué contre un type appelé Mario, que je ne connaissais ni d'Adam ni d'Ève, mais il s'est avéré qu'il possédait à présent une équipe à lui et qu'il était considéré comme un joueur passionné. Le seul nom que je connaissais avant de venir ici était Gretzky, et ce n'était que parce qu'un enfant de mon étage à l'école possédait une affiche de lui avec des paroles de motivation contenant des mots sages concernant la chance, les buts, ou quelque chose du genre.

Vous feriez mieux de croire que j'avais effectué des recherches sur Mario et Felix et sur l'environnement des années 1970-1980 concernant le hockey.

Pour l'instant, Felix avait l'air très calme et recueilli, contrairement à la réunion initiale où, pour parler franchement, il avait été sur le point de perdre la boule à tout moment. Tout le monde autour de lui voyait dans la situation Ten/Jared une occasion de promouvoir l'égalité et de donner à l'équipe une stratégie marketing positive, alors que tout ce qu'il pouvait imaginer, c'était la somme que l'équipe perdrait si des fesses venaient à manquer sur les sièges de la patinoire. Je ne pouvais pas le lui reprocher, après tout, c'était son investissement qui se retrouvait mis en jeu.

— Comment ça va ? demanda-t-il.

Je remontais des rapports écrits officiels tous les jours, même si je n'étais pas sûr que son assistante, Jane, les transmette à son patron. Elle les lui résumait probablement, puisqu'il semblait être constamment en train de réfléchir et de trouver un moyen de mener les Railers au sommet de la ligue.

— Bien.

Je tendis la main vers le dossier d'informations que je compilais, ainsi que le plan marketing pour enfants, et lui fis signe de venir me rejoindre. Je supposai qu'il voulait des détails, pour autant, il devint bientôt évident qu'il avait autre chose en tête.

— Alors, j'ai pensé...

Il s'interrompit, se retourna et ferma la porte derrière lui. Je ne me suis pas senti pris de panique, pas comme si j'avais eu l'équipe ici, ce qui était stupide, parce que Felix était tout aussi grand et bien conservé pour son âge.

— Puis-je m'asseoir ? reprit-il, très poliment, et je hochai la tête.

— Bien sûr. Quelque chose ne va pas ?

L'inquiétude me saisit. Était-il là pour m'informer que Ten et Jared avaient changé d'avis, ou qu'il ne voulait plus que je travaille là-dessus ?

Il toussa pour se racler la gorge.

— Ma femme – que Dieu bénisse son âme pour être mariée avec moi depuis trente ans et pour que ça continue – est une femme bien qui a beaucoup souffert au fil des ans avec le hockey et... eh bien, le hockey est tout, sincèrement. Elle a déclaré que j'avais besoin d'une formation à la sensibilité.

Si je n'avais eu autant d'expérience dans la façon de dissimuler mon expression, mes yeux auraient été écarquillés et ma bouche grande ouverte. Je n'aurais jamais imaginé que le propriétaire de l'équipe cherche à s'impliquer autant.

— Il n'y a pas de problème.

Felix s'adossa à son siège.

— Pouvez-vous le faire maintenant ? insista-t-il.

J'avais l'impression qu'il voulait commencer tant que l'équipe était absente. L'arène demeurait vide lors des voyages à l'extérieur. Apparemment, à l'exception de certains membres du personnel administratif et des employés généraux participant à d'autres activités.

— Bien sûr.

Je repoussai le plan marketing sur le côté et recherchai d'autres documents, laissant de ce fait tomber le dossier qui dissimulait temporairement le cadeau. Felix se baissa et ramassa le petit paquet emballé.

— Est-ce votre anniversaire ? L'aurions-nous manqué ? Vous auriez dû le dire à Jane. Elle aurait acheté un gâteau, comme elle le fait pour le reste d'entre nous.

— Non, mon anniversaire est en novembre, reconnus-je.

Je tendis la main vers le paquet, le rangeai dans le tiroir avec toutes les pensées de ce qu'Adler dirait s'il savait où il se trouvait. Felix avait l'air de vouloir ajouter autre chose, mais je le devançai.

— Dites-moi par où vous aimeriez commencer.

Il soupira et se tortilla sur sa chaise. Même si j'avais troqué le siège manifestement trop petit qui m'avait été accordé, contre un fauteuil permettant un meilleur ajustement aux culs des joueurs de hockey, il se trouvait tout de même à l'étroit.

— Lorsque je jouais, c'était dans les années soixante-dix, et les choses étaient…

Il chercha le mot juste, arborant une expression pensive.

—… Différentes, proposa-t-il avec un haussement d'épaules pour indiquer à quel point il pensait que c'était boiteux. Quand je jouais… bordel ! La sexualité, les genres, rien de tout cela ne constituait un problème comme maintenant.

Il leva une main pour m'arrêter, s'attendant clairement à

ce que je soutienne que ces choses-là représentaient une complication depuis très longtemps. Il ne savait pas que c'était la dernière chose que je ferais. L'histoire de l'égalité avait été une route cahoteuse qui devait encore être réglée quotidiennement, toutefois, je savais encadrer les expériences des gens en fonction de leur âge, voire de l'État ou du pays dans lequel ils étaient nés.

Il fit une nouvelle pause, puis expira bruyamment.

— Je me souviens qu'un jour, au début des années quatre-vingt, la pire injure utilisée se référait au problème du sida pour faire chier un rival. Vous savez, ce sujet était merdique alors, et les gars l'utilisaient souvent, au long de cette décennie. Dans les années soixante-dix, il y avait toute cette histoire de la guerre froide entre la Russie et les États-Unis, puis cela n'a plus eu de raison d'être. Est-ce que ce que je dis a un sens ?

Il me regarda avec espoir, comme si je pouvais tout comprendre avec cette courte explication. Heureusement pour lui, j'avais deviné où il voulait en venir.

— Absolument, dis-je, me penchant en avant.

J'expliquai comment il y existait une centaine de facteurs différents qui entraient en jeu dans la façon de parler ou que ses croyances étaient très simples finalement. La dernière chose que je souhaitais avec les membres du personnel les plus âgés, c'était qu'ils éprouvent du ressentiment lorsque je leur disais que leurs actions d'il y a vingt ans avaient été honteuses. Je devais me montrer plus pragmatique et expliquer clairement comment la situation avait changé.

Lorsqu'il partit, il hésita devant la porte.

— Vous devriez venir dîner mardi, quand les garçons seront de retour. Lillian vous attendra et sera heureuse de vous voir. Vous pourriez rencontrer l'équipe dans un cadre moins formel.

Je ne voulais absolument pas assister à un dîner avec l'équipe, quoique, il s'agissait d'une invitation quasiment impossible à refuser, et je ne pouvais qu'espérer qu'Adler ne ferait pas partie des patineurs.

— Ce serait avec plaisir, répondis-je formellement.

— Jane vous enverra un e-mail, conclut-il, avant de s'en aller, laissant la porte ouverte, comme j'aimais qu'on le fasse.

Fidèle à sa parole, l'e-mail arriva en même temps qu'Edgar à mon bureau. Il faisait partie de l'équipe de communication, un partisan réticent du compte Twitter de l'équipe. Il toqua, et je lui souris de la même manière que je l'avais fait avec Felix.

Il avait l'air malade.

Je pensai instantanément au pire.

— Que s'est-il passé ? demandai-je.

Il me tendit son iPhone et je vis le Twitter d'Arvy. Je savais que ce n'était pas lui qui avait posté cette courte phrase. Je connaissais ce gars. C'était quelqu'un de bien, très respectueux, et c'était manifestement une autre personne qui avait utilisé son téléphone.

Le message était simple et impliquait une blague sur les femmes. *Génial !* Je passai en mode « action ».

En l'espace de dix minutes, le tweet fut supprimé et le coupable – l'un des techniciens de l'équipement junior, un gamin de moins de dix-huit ans – fut démis de ses fonctions. Ce n'était pas ma décision. Cela provenait de Felix, qui jurait, maudissait et parlait de la famille des Railers et de la façon dont une pomme pourrie pouvait tout gâcher.

Je savais que c'était effectivement possible, toutefois, je ne paniquai pas et gérai le problème.

Au moment de quitter le bureau, j'étais plus épuisé que lorsque l'équipe entrait et sortait de mon bureau pour leurs discussions concernant la sensibilité.

Néanmoins, impossible de dormir. Et de toute façon… qui avait besoin de dormir ? Tout ce à quoi je pouvais penser c'était Adler et son cadeau stupide et la façon désinvolte dont il parlait de sa famille et de leur désintérêt total pour lui. Du moins, c'était ce que j'en avais déduit de son petit discours.

Puis, mes pensées se modifièrent et concernaient moins le travail, le stylo ou la famille d'Adler. Non, c'était davantage à propos de ce baiser et du bref moment où j'ai vraiment aimé être serré et embrassé comme ça.

Avant que la panique ne s'installe.

Mardi arriva beaucoup trop vite. J'avais réussi à éviter de parler à ma mère jusqu'à présent, toutefois, quand elle parvint à m'épingler, il s'avéra qu'elle voulait que je rentre à la maison pour Thanksgiving.

— Juste pour une journée où tous mes bébés seront sous un même toit, avait-elle dit.

En fait, elle répétait cela chaque année et elle méritait que nous soyons tous présents, toutefois, j'avais du travail à faire et l'annonce avait été fixée deux jours après Thanksgiving, soit dans deux semaines. La date avait été choisie pour se situer entre deux matchs à domicile, et ma prochaine tâche consistait à entraîner Ten et Jared à répondre aux questions. Je les avais vus brièvement tous les deux ce matin-là, et Ten m'avait semblé moins timide, comme si peut-être, le fait de fuir Harrisburg avait été une bonne chose pour lui.

Bien sûr, ils avaient remporté leurs trois matchs à l'extérieur, alors toute l'équipe était heureuse.

Tous ses membres se trouvaient également présents à ce foutu dîner.

Trouver la maison de Felix s'était avéré facile. C'était une immense bâtisse dressée au fond d'un cul-de-sac. Il était difficile d'y entrer, car il y avait un interphone dans lequel on devait parler et qu'il crachotait beaucoup. Au final, je suivis une Ferrari écarlate et soupirai en voyant que c'était Arvy qui en sortait. Je ne l'avais pas revu depuis l'incident sur Twitter. Il m'aperçut et m'arrêta avant même que je parle.

— Un nouveau code pour verrouiller mon téléphone, et il ne me quitte jamais, déclara-t-il, agitant son portable devant moi afin de prouver à quel point il était responsable. Et j'ai fait ce que vous avez dit et tweeté des excuses, une photo de mon chien et une autre de moi sans chemise.

— J'ai vu, dis-je, avec un sourire en coin.

— Cool, répondit-il, puis il marcha à mes côtés sur la longue allée menant à l'imposante façade de la maison.

— Alors, vous rentrez chez vous pour Thanksgiving ? demandai-je, lorsque nous nous retrouvâmes à court de sujets de conversation après Twitter.

Ce n'était pas comme si je pouvais parler de hockey, même si j'avais appris de mon livre pour les nuls et regardé tellement de vieux enregistrements sur YouTube que je pouvais expliquer le déroulement d'un match avec une certaine autorité. Je n'avais pas encore essayé sur un joueur de hockey de peur qu'il se moque de moi. Et c'était une très longue allée. J'envisageai de lui faire profiter de mes connaissances sur Mario Lemieux, mais même cela avait ses limites.

— Non, répondit-il. Nous avons un match de chaque côté et les gars se retrouveront chez quelqu'un ici. Et vous ?

— Probablement pas.

Nous atteignîmes la porte d'entrée et frappâmes, une femme répondit. Je compris qu'il s'agissait de Lillian, l'épouse de Felix. Petite, impeccablement vêtue d'une simple robe noire avec des perles, elle nous accueillit à l'intérieur et nous fit visiter. Il y avait tellement de photos des équipes pour lesquelles Felix avait joué, juste à côté de vieux clichés en noir et blanc d'un enfant, jusqu'à la cérémonie de signature de la franchise des Railers.

Avec Arvy, tous les joueurs se trouvaient réunis dans une grande salle de réception, ce qui rendait l'endroit légèrement désordonné. Je savais que ce n'était qu'une question de temps avant de croiser Adler. Heureusement, cela ne se produisit pas avant le dîner. Malheureusement, Lillian m'avait assis juste à côté de lui, avec Stan de l'autre côté.

— Hey, lança-t-il, s'installant sur sa chaise, sa cuisse collée contre la mienne.

Je m'écartai de lui, manquant de peu de renverser mon verre d'eau.

— Bonsoir, répondis-je. J'ai vu que vous aviez gagné vos trois matchs.

Sujet sûr. Informations sur le hockey dont je pouvais parler, l'équipe gagne et perd.

— Oui, dit-il. C'était un de ces voyages où tout s'est

bien passé. Un bon exercice afin de mieux se lier. C'était agréable de faire un peu plus connaissance avec les gars.

L'entrée fut servie, une soupe aux champignons saupoudrée de persil et de pain croquant. Heureusement, Felix se mit à parler du voyage et de combien il était ravi. Il y avait du vin, cependant, je me cantonnai à l'eau.

— Bien, lâcha Stan, me poussant du coude sur le côté et me faisant presque tomber sur les genoux d'Adler.

Je le regardai et attendis ce qu'il allait ajouter. Il indiqua ma soupe aux champignons et répéta ce mot.

— Bien.

— Ouais, reconnus-je. Da, ajoutai-je.

— Neige malade, reprit-il en plissant les yeux.

J'eus l'impression qu'il me mettait en garde, et que je devais faire quelque chose. Je pensais qu'il voulait parler de bâtons, de maladie, à moins que ce ne soit autre chose, ou encore de... qui diable comprenait ce qu'il disait ?

— Manger.

— Okay, dis-je, et continuai à manger en écoutant le grondement discret de la voix de Stan qui parlait bas en russe avec le seul autre membre de l'équipe qui comprenait ce qu'il disait vraiment, Anatoly Sokolov.

— Il dit que vous devez manger toute votre soupe, traduisit Anatoly avec gentillesse.

Son accent était moins prononcé, plus américanisé, bien que sa manière de parler soit clairement russe. Je savais qu'il jouait pour des équipes américaines depuis dix ans. J'espérais donc qu'un jour Stan deviendrait plus compréhensible, ou plus probablement, que l'équipe apprenne suffisamment le russe.

— Ce que je fais, repris-je, avant de remplir de

manière ostentatoire une autre cuillerée de soupe et de l'avaler.

J'exagérai même l'action et eus l'impression de recevoir l'approbation des deux Russes.

— Il insiste et déclare que vous devez manger et ne pas vous rendre malade, indiqua Anatoly.

Je jetai un coup d'œil à Stan. Quoi ? Il me sourit simplement, mais pas de manière amicale et ouverte, plutôt de façon plus compréhensive et sympathique. Que diable… ?

— Il dit qu'il a vu du chocolat sur votre bureau et beaucoup de café. Trop de café.

J'avais le sentiment que tout le monde me regardait, pour autant, un rapide coup d'œil me montra que personne ne faisait attention à moi.

— D'accord, répondis-je à Stan et Anatoly.

Ils hochèrent tous les deux la tête, cependant, de ma vision périphérique, je surpris Stan en train de m'observer. Je l'ignorai, essayant de me concentrer sur autre chose. Je me focalisai sur une conversation en particulier, avant de le regretter.

— Alors, j'ai ajouté, soixante-neuf plus moi, c'est donc le numéro soixante-dix que je porte sur mon dos.

C'était Denton qui parlait. Il était ailier et assis de l'autre côté d'Adler. Je l'appréciais, toutefois il était légèrement idiot et plaisantait à propos de tout et n'importe quoi.

— Elle a cru tes conneries ? demanda Arvy.

Évidemment, je commençai à écouter Denton expliquer sa technique de drague.

— Ouais, elle était chaude, bandante, et le soixante-neuf...

Il laissa sa voix traîner et me fixa, de l'autre côté d'Adler.

— Mes excuses, lança-t-il.

Mais il souriait comme s'il ne le pensait pas du tout. Et bordel, pourquoi s'excusait-il même auprès de moi ? Ma bouche s'ouvrit avant que mon cerveau ne la retienne, au sujet du problème dont j'avais averti l'ensemble de l'équipe. Et ce que je lâchai résonna fortement alors qu'un brusque silence intervenait soudain.

— Bon sang, quel est le rapport entre les joueurs de hockey et leur addiction au soixante-neuf ?

Silence.

Total, impitoyable.

Puis des rires s'élevèrent, et juste au milieu de tout cela, je pouvais sentir que je devenais écarlate. C'était comme si j'étais de retour à l'université et que je balançais une réflexion totalement idiote pour laquelle les gens se moquaient de moi. J'avais chaud. Je repoussai ma chaise, visant à paraître composé.

— Excusez-moi, dis-je.

Et avant que quiconque puisse m'arrêter, avant d'avoir terminé la soupe que Stan voulait désespérément que j'avale, je partis.

Chapitre Huit

Adler

Je regardai Layton quitter précipitamment la table. Enfin, peut-être que « précipitamment » n'était pas le bon mot. Il ne bondit pas et ne renversa pas sa chaise. Rien d'aussi dramatique. Cependant, il s'empressait de s'éloigner du repas et des Railers confus. Tout le monde resta assis en train de s'entre-regarder, et personne ne proposa de se lever. J'aurais probablement dû continuer à manger les plats gastronomiques étalés devant moi, mais non. Adler Lockhart n'était tout simplement pas capable d'une telle preuve d'intelligence.

Sans dire un mot, je me tamponnai la bouche avec la serviette en tissu, repoussai ma chaise et partis dans le sillage de Layton. Les gars se mirent à murmurer entre eux. Je franchis la lourde porte d'entrée et repérai immédiatement Layton, debout parmi toutes les voitures garées, l'air perdu.

Je m'avançais vers lui, mon esprit hurlant des paroles

stupides à déblatérer. Plus je me rapprochais de lui, plus son angoisse s'épaississait. L'excitation était comme un nuage qui s'accrochait à moi. Son regard d'acier vola vers moi lorsque je contournai le pare-chocs d'un énorme SUV noir. Il semblait être sur le point de perdre la boule.

— Quelqu'un m'a bloqué, haleta-t-il, tirant sur sa cravate bien nouée.

Je jetai un coup d'œil au SUV, puis revins sur Layton.

— Je peux te ramener chez toi.

Okay, Adler. Depuis quand es-tu aussi dévoué ?

— Non, non, je ne peux pas faire ça. Euh… savez-vous à qui appartient ce mastodonte ?

Il indiqua le Ford Explorer d'un signe de tête.

— Pas la moindre idée.

Sa nervosité était contagieuse. Je me mis à triturer la cravate qui serrait un peu trop fort ma pomme d'Adam.

— Je suis garé dans la rue.

J'indiquai ma BMW stationnée quelques maisons plus bas.

— Je fais ça pour qu'elle ne se retrouve pas cabossée. As-tu même ouvert mon cadeau ?

Très bien, Adler. C'est la connerie numéro deux.

— Le cadeau ? Non, je ne l'ai pas ouvert, reconnut-il.

— Ouais, j'avais compris. C'est bon. Je n'aurais pas dû demander.

Je me rapprochai. Son air « rat piégé dans une pièce pleine de chats » était hors de contrôle.

— Écoute, ce que tu as dit là-bas…

Je tendis un pouce vers la demeure remplie de pousseurs de rondelles.

—… n'était qu'une blague. Drôle aussi, tu sais.

Il ne me rendit pas mon sourire. Il humidifia ses lèvres,

bougeant sans cesse, formant de petits cercles, me faisant songer à un vieux bocal en étain que j'avais eu dans mon enfance. C'était très sexy. Enfin, le couvercle en tôle de ce bocal ne l'était pas du tout. Lui l'était. Ses lèvres étaient luisantes et brillantes maintenant. Elles avaient besoin d'être à nouveau embrassées. Oui. Par moi. Juste là dans l'allée contre le SUV qui le faisait paniquer. Jouet sexy sur pattes. J'étais prêt à parier qu'il serait un homme extraordinaire avec qui se divertir à des jeux pour adultes…

Adler, arrête de penser aux jouets sexys. S'il te plaît. Tu commences à ressembler à un idiot.

— J'ai laissé ma bouche prendre le contrôle de mon cerveau. Ce n'est pas acceptable. Pourquoi ce connard s'est-il garé ici ?

Il tapa le SUV. Je grimaçais, dans l'attente du déclenchement d'une alarme, mais la voiture massive resta là, tranquillement.

— Parce que c'est une allée, soulignai-je. Aimes-tu le café ? Je veux dire… je sais que tu en bois, parce que quand je t'ai embrassé, j'ai pu discerner l'odeur d'amaretto dans ton haleine, et à moins que tu le produises toi-même, tu dois en mettre dans ton café. Alors, tu veux aller en prendre une tasse ? Je suis garé là-bas.

Une fois encore, j'agitai la main vers ma voiture, rangée contre bord du trottoir.

Layton me dévisagea, les joues toujours rouges et les yeux… oh bon sang, ces prunelles grises débordaient d'émotion. Pas sûr qu'il s'agisse de bons sentiments, néanmoins ses iris étaient magnifiques et je me moquai soudain de savoir si oui ou non, il avait ouvert mon cadeau. Je lui en achèterai un autre. Un meilleur. Un qui lui ferait comprendre à quel point je l'aimais bien.

— Non, Adler, pas de café. J'ai juste…

Il arrêta de marcher comme un lion en cage, et exhala de façon dramatique, sa poitrine se dilatant et étirant la veste qui étreignait son corps svelte, me rendant un tout petit peu plus désireux de découvrir son goût et la sensation de sa peau.

— Nous ne pouvons pas sortir ensemble, Adler.

— Pourquoi pas ?

Je fourrai mes mains dans les poches avant de mon pantalon.

— Parce que… pour tout un tas de raisons.

Je fis glisser mes doigts sur les pièces de monnaie qui se trouvaient dans ma poche.

— Quelles raisons ? Je ne suis pas un tueur en série. Je ne fume pas et ne me drogue pas. Je ne bois qu'une bière de temps en temps. Je suis drôle et assez mignon dans le genre de Fred Weasley. Je ne joue pas pour Pittsburgh ou Philly. Je voudrais t'offrir un café et parler de conneries. Apprendre à te connaître. Et peut-être t'embrasser encore. Nous pouvons appeler cela autrement si le mot « rendez-vous » t'inquiète. Que dirais-tu d'un café-rencontre ? Comme si nous étions deux vieilles femmes assises pour bavarder autour d'un café. Veux-tu faire un brin de causette avec moi ?

Il semblait avoir quelque chose sur le bout de la langue. Ses yeux sauvages s'apaisèrent légèrement alors qu'il essayait de me regarder, sans que ce soit évident qu'il me fixait.

Cela me rappelait l'époque où Apollo et moi avions trouvé un oiseau assommé gisant dans un parterre de fleurs. Il s'était cogné à l'une des fenêtres de la maison d'été des Lockhart, dans le Maine. Nous étions assis sur une couverture et tenions la mésange à tour de rôle jusqu'à ce qu'elle ouvre les yeux. Elle était restée dans mes mains pendant un moment, ses yeux sombres essayant de déterminer où elle se trouvait et quel genre de prédateurs l'observaient. Suite à une vague de peur et un besoin impérieux d'être libre, avais-je supposé, elle avait pris son envol.

Layton me rappelait cet oiseau effrayé.

Il fouilla dans la poche intérieure de sa veste et sortit son téléphone.

— Merci pour l'offre, mais je ne suis pas certain que ce serait sage professionnellement. J'appelle un taxi.

— Pourtant, j'ai une voiture à moins de quarante pas de là, insistai-je, indiquant encore une fois la BM. Mec… allez… laisse-moi…

— Je ne peux pas. C'est juste que… non, je ne peux pas.

— Très bien. D'accord. C'est cool. Ne paie pas un taxi. Reste là et laisse-moi aller voir qui te bloque, okay ?

Il acquiesça et écarta l'appareil de son oreille.

— Merci.

Cinq minutes plus tard, Layton dégageait sa Nissan Leaf, qui était bien trop silencieuse pour me réconforter, alors que je me tenais à côté de Denton, le propriétaire du SUV.

— Je ne connais personne d'autre qui conduise une de ces voitures électriques, déclara Denton.

— Moi non plus.

Denton se racla la gorge.

— Est-il parti à cause de cette blague ? Est-elle offensante pour un gay ?

— Nan, mec, à cause de moi.

Je me dirigeai vers ma voiture et désertai le dîner également. Mon envie de fête s'était évaporée en même temps que Layton.

— Es-tu sûr de ne plus vouloir de tarte ?

Apollo s'attarda près du frigo, ladite tarte à la main, désireux de finir de nettoyer après le repas.

— Nan. Si j'avale une bouchée de plus, je mourrai.

Je me levai de la table de la salle à manger, que nous n'utilisions presque jamais en dehors des repas de vacances, et me tapotai le ventre.

— Je prévois d'aller faire une petite sieste devant le match entre les Vikings et les Lions.

— Tu devrais appeler Karrie Anne, lança Apollo, rangeant le dessert dans le réfrigérateur.

Il dut pousser les restes de dinde de Thanksgiving, des bols de maïs, de farce, de purée de pommes de terre et de sauce à la canneberge.

— Peut-être que Karrie Anne devrait m'appeler, marmonnai-je en me dandinant de la salle à manger au salon.

— Sans doute, mais elle ne le fera probablement pas, indiqua Apollo.

— Ouais, je sais.

Je plongeai sur le canapé, le large sofa m'avalant. J'avais l'impression d'être une véritable merde à présent. Layton m'évitait soigneusement depuis le dîner chez Felix.

Quant à moi, j'avais annulé nos réunions parce que je savais qu'il était mal à l'aise en ma présence, sans comprendre pourquoi. Allongé sur le dos, je sortis mon téléphone de la poche avant de mon jean, déboutonnai le haut de mon pantalon et restai étendu à contempler mon Smartphone. Pas d'appels. Pas de messages. Génial ! Les vacances étaient tellement amusantes. J'avais vraiment l'impression de me trouver dans une toile de Norman Rockwell… pas du tout !

— Appelle-la, insista Apollo depuis la cuisine. Elle pourrait te surprendre.

Je pouvais entendre que même lui ne croyait pas aux paroles qui sortaient de sa bouche. Sa mère l'avait probablement poussé à m'inciter de l'appeler. Les mamans étaient comme ça. Chaleureuses et attentionnées. D'après ce que j'avais entendu dire.

— Peut-être que ma queue sera dorée la prochaine fois que je regarderai, criai-je, ce qui me valut un reniflement dégoûté en guise de réponse.

Je tapotai sur la photo de contact de Karrie Anne et portai le téléphone à mon oreille. Les pieds sur le bras du canapé, j'attendis et attendis encore. Finalement, elle décrocha. J'entendis des rires et des bavardages derrière elle. Oh, c'est vrai ! Le repas de Thanksgiving annuel à Punta Cana avec les clients de papa et les copines du club de golf de maman.

— Adler, comment vas-tu, chéri ?

Elle donnait l'impression de réellement s'en soucier. Je me demandai combien de verres elle avait bus.

— Ton père n'a fait que parler de toi. Pourquoi n'es-tu pas ici ?

— J'ai ce qu'on appelle une carrière.

J'ai délibérément omis de la questionner afin de savoir pourquoi Cole avait parlé de moi et ce qu'il avait dit. Rien de tout ça n'était bon signe, j'en étais certain. Il devait probablement être bourré et se lamenter sur la déception qu'était son fils unique. Les sportifs homos ne figuraient pas en tête de sa liste « des choses que j'aime ».

— Oh oui, le hockey. Eh bien, as-tu remporté tes matchs ?

Elle demanda à quelqu'un à voix basse de se taire, puis gloussa à mon oreille.

— Oui, nous nous en sortons très bien en fait. Je veux dire... pour une nouvelle équipe d'expansion, nous travaillons bien ensemble. Les gars de ma ligne sont plutôt décents et...

Elle avait commencé à discuter simultanément avec un dénommé Adolphus. J'attendis. Elle continua sa conversation avec lui, pouffant et chuchotant de petites choses coquines.

— Tu te souviens que ton fils entend tout ça, pas vrai ? demandai-je après plusieurs minutes, alors qu'elle essayait de draguer ledit Adolphus.

— Adler ? Quand as-tu appelé ? Mon Dieu, j'ai dû boire plus de Manhattan que je ne l'avais réalisé. Je dois y aller à présent.

Elle raccrocha. Je jetai le téléphone sur la table, fermai les yeux et je me demandai comment les familles normales prenaient leurs vacances.

— Bon, le nettoyage est terminé. Il est temps de commencer à décorer ! cria Apollo, avant de faire sonner des cloches devant mon visage.

Je fermai résolument les yeux.

Ho-ho putain de ho !

Aujourd'hui était le grand jour. Celui où la direction et l'équipe des Railers se rangeaient derrière deux des nôtres, alors qu'ils faisaient leur coming-out devant le monde entier. Le lendemain du Black Friday. Un jour avant notre premier match de la saison contre Boston. Les deux sujets étaient largement importants, pour des raisons très différentes. Une journée était réservée aux soldes monstrueuses et l'autre pour de grands succès. Oui, j'avais pensé à ça tout seul alors que je me rasais et m'habillais pour l'événement avec la presse. J'avais reçu le courrier électronique officiel de Layton Foxx. Au début, mon cœur s'était accéléré en voyant son nom, mais en lisant le message, je m'étais rendu compte que c'était une discussion purement officielle. Indiquant comment il voulait que nous agissions, nous nous habillions et plusieurs réponses politiquement correctes lorsque la presse aurait fini de se régaler avec Tennant et Jared.

Je m'attarderais dans l'ombre et regarderais. Peut-être que je pourrais alors me faire une idée de la façon dont le monde accepterait des joueurs de hockey homosexuels avant de faire le grand plongeon. Tout le monde me disait toujours de me taire et de réfléchir, alors c'est ce que je ferais. Se cacher revenait-il à penser ? Bizarrement, je n'en avais pas l'impression.

Alors que je me dirigeais vers la patinoire, des pensées concernant Layton tourbillonnaient dans ma tête. Ce n'était pas nouveau. Il commençait à devenir une obsession. Il rôdait dans mes rêves. Je m'étais réveillé plusieurs fois au cours des deux dernières semaines, trempé de sueur, mon sexe chaud et dur, avec de minces restes de visions somnolentes de Layton collées à ma conscience. Il était toujours nu dans mes rêves. Avide aussi. Pliant et souple sous mes mains, disposé à… ah bon sang, si désireux ! Et chaque fois que je m'étais réveillé dans cet état, je m'étais branlé à ces fragments teintés d'érotisme. Je ne m'étais pas autant masturbé depuis l'âge de quinze ans. Ma putain de queue allait être calleuse si je continuais comme ça.

Patientant à un feu rouge, Winger sur la chaîne stéréo, je me demandai ce que ressentaient les trois acteurs les plus importants de cet événement médiatique. Tennant et Jared étaient probablement excités et nerveux. Layton aussi, je parierais. Il était toujours tendu de toute façon. Je jetai un coup d'œil sur la droite et repérai une petite boutique. Classe, d'après les apparences. Je devrais peut-être leur apporter un petit quelque chose à tous. Je vérifiai ma Rolex. Largement assez de temps. Je mis le clignotant, me dégageai de la circulation et me garai.

L'intérieur du petit magasin était sympa. C'était une boutique de cadeaux haut de gamme avec des bijoux. Fabriqués à la main, d'après les signes en filigrane. Dans les vitrines se trouvaient des cadeaux destinés à des hommes de goût. Je m'arrêtai sur des boutons de manchette pour Rowe et Madsen. Deux paires complémentaires en argent, carrées, classiques et simples. Ils leur correspondaient, du moins j'en eus l'impression. Layton serait plus compliqué. Aucun des bijoux ne lui ressemblait. Je déambulai à l'intérieur, examinant de jolis bibelots et de petites boîtes en bois pour boucles d'oreilles ou bracelets. Des foulards en soie, châles froufrous, cravates colorées. Puis je trouvai une boîte contenant un mouchoir en soie. Il était d'un blanc d'œuf avec du fil arc-en-ciel vibrant cousu à la main autour des bords festonnés.

Plié et rangé dans la poche de l'un de ses tailleurs, ce serait l'accessoire idéal pour un homme gay très sexy.

Dix minutes plus tard, je revenais dans ma voiture, « Can't Get Enuff » de Winger déferlant des haut-parleurs, mes cadeaux posés sur le siège passager.

— Seigneur, murmurai-je quand je me faufilai par l'entrée des joueurs.

Vous pouviez entendre le bourdonnement de la presse rassemblée dans la grande salle réservée aux médias. Je passai devant la porte ouverte, évitant les journalistes et me précipitai dans les vestiaires. Les Railers étaient venus en masse pour apporter leur soutien à Ten et à Jared. Bien sûr, Layton ainsi que les autres représentants des relations publiques étaient attendus, mais personne n'avait été forcé. Balayant la salle du regard, à la recherche de Rowe et de Madsen, je vis toute l'équipe ainsi que le personnel et les entraîneurs.

Je me dirigeai vers Arvy et Stan. J'eus droit à un sourire de l'un et à un coup dans le dos de l'autre. Stan se tenait à mes côtés, sa main s'attardant sur mon épaule.

— Vous avez vu Ten ou l'entraîneur Madsen ? leur demandai-je.

— Ils sont à l'écart avec ce gars, Foxx, pour obtenir des conseils ou quelque chose du genre. Tu as des cadeaux ? Merde !

Arvy soupira.

— Je ne leur ai rien acheté. Maintenant, j'ai l'impression d'être un crétin !

— Tu n'es pas un crétin. Tu es le roi des idiots, annonça Stan assez fort pour faire taire ceux qui se tenaient autour de nous.

— Oui, c'est lui, Arvy, le Funky Con, lançai-je.

Stan s'esclaffa bruyamment et longtemps. Arvy me frappa au bras.

Après une brève visite auprès de plusieurs de mes collègues des Railers, je partis à la recherche des stars de cette petite production gay. Tous les trois étaient rassemblés dans le bureau de Layton qui rendait claustrophobe. À l'unisson, ils levèrent les yeux quand je toquai à la porte ouverte.

— Hey, Lockhart, lança Madsen.

Mon regard se fixa sur Layton. Il portait un costume noir avec une chemise blanche et une fine cravate argentée qui faisait briller ses yeux d'étain. Il y avait une certaine douceur dans son regard quand il croisa le mien. Mon estomac fit un drôle de petit salto arrière.

— Avez-vous besoin de quelque chose ? ajouta Madsen.

— Euh… non. Je voulais juste vous offrir à tous un cadeau afin de vous porter chance.

J'envoyai une boîte à chaque homme, un par un, et Layton reçut le sien en dernier. Ses sourcils se froncèrent alors que Tennant et Jared déchiraient les papiers.

— Maman dit toujours que rien ne prouve mieux l'amour qu'une petite boîte avec un gros morceau d'or à l'intérieur.

Ten et Jared gloussèrent à mon bon mot. Layton se tenait simplement là, la boîte dans une main et son iPad dans l'autre, essayant de forer des trous dans mon corps.

— Whoa, Ad, mec ! Ils sont très beaux ! s'exclama Tennant, inspectant ses boutons de manchette.

— Ils sont splendides. Merci, Adler, mais vous n'aviez pas à vous donner toute cette peine. Vous voir, ainsi que le reste des membres des Railers ici, pour nous soutenir Ten et moi, est un cadeau merveilleux.

Je serrai la main de Jared, puis celle de Ten.

— Allons profiter d'une dizaine de minutes, seuls quelque part. J'ai besoin de remplacer mes boutons de manchette, déclara Ten à son petit ami, puis il me donna un solide coup de poing.

— Est-ce comme ça qu'ils appellent ça maintenant ? demandai-je avec un petit rire salace.

Ten me cogna l'épaule, puis partit avec Madsen sur ses talons.

— Vas-tu ouvrir celui-ci ? repris-je en me tournant vers Layton lorsqu'il ne resta plus que lui, moi et cette boîte dans sa main.

— Adler, vous devez arrêter de m'acheter des cadeaux. C'est peu professionnel. J'ai le sentiment de vous être redevable et je n'apprécie pas beaucoup ça.

Il me tendit le cadeau. Je secouai la tête. Il fronça les sourcils et abaissa la boîte joliment emballée.

— Ce n'est pas le meilleur moyen de gagner mon cœur.

— Alors, quel est-il ?

Il souffla lentement à travers ses lèvres pincées.

— Je pourrais accepter une tasse de café.

C'était ridicule de constater à quel point l'entendre dire cela m'excitait.

— Comme un café-rendez-vous ?

— Eh bien, ce n'en est pas vraiment un, car il y a toute une équipe de hockey et une centaine de membres de la presse ici. Peut-être juste une sorte de café-discussion cette fois ?

— Cool. Les causettes sont cool. Vas-tu finir par ouvrir ce cadeau à un moment donné ?

Je tapai la boîte du doigt qu'il tenait dans sa main gauche. Il acquiesça. Puis je passai mon doigt sur son pouce et sur ses doigts. Il n'écarta pas sa main, alors c'était un progrès.

— Je dois me rendre à la conférence de presse, me rappela-t-il, alors que je retraçai les veines sur le dos de sa main.

Cela aurait alors été la chose la plus naturelle au monde de l'embrasser. Mais je ne le pouvais pas, car je cachais toujours mon homosexualité au fin fond d'un placard sombre et humide.

— C'est moi qui paie, déclarai-je, puis je reculai avant de jeter toute prudence aux quatre vents, juste pour sentir de nouveau ses lèvres contre les miennes.

— Non, c'est à mon tour.

Il posa le cadeau numéro deux sur son bureau, puis me devança.

Nous nous disputâmes jusqu'à la machine à café, située juste en face de la salle de physiothérapie. En fin de compte, je le laissai payer parce que cela le rendait heureux. Le rendre heureux me faisait littéralement rayonner.

— Les hommes peuvent-ils rayonner, ou est-ce un terme mieux adapté pour les femmes enceintes et les princesses Disney ? demandai-je.

Son regard loin d'être amusé disait tout.

— Arrêtez d'annuler nos réunions.

Je soupçonnai que les moments où j'évitais que nous nous retrouvions seuls tous les deux dans une même pièce étaient officiellement terminés.

Chapitre Neuf

Layton

JE SAVAIS POURQUOI J'AVAIS DÉCLARÉ QU'UN CAFÉ SERAIT bien, que ce soit pour faire un brin de causette ou qu'il soit considéré comme un rendez-vous. C'était la seule chose à laquelle j'avais pu penser pour qu'Adler quitte mon bureau. Non pas parce que je me sentais claustrophobe avec lui là-dedans, en fait je m'étais habitué à la manière dont il remplissait cette pièce. Cela concernait davantage le fait que, lorsqu'il me touchait, j'avais l'impression de perdre le contrôle et j'étais foutrement certain de refuser d'en arriver là avec lui.

Le café était de la merde, au moins il donnait à ma bouche quelque chose à faire, même si mon estomac était toujours noué à mesure que chaque minute me rapprochait de l'exposition devant la presse.

— Tu vas bien ? demanda Adler, son inquiétude transparaissant dans le petit froncement de sourcils entre ses yeux.

Je secouai la tête puis regardai ma montre. Trente minutes, et il y avait déjà un bourdonnement sourd qui émanait de la salle de presse. Je le savais parce que j'avais jeté un coup d'œil furtif à la porte comme un enfant de cinq ans lors de sa représentation de la Nativité, à la recherche de ses parents, depuis les coulisses. J'avais personnellement sélectionné certains des journalistes, ceux dont j'étais sûr de leur soutien, et ils étaient tous présents, sauf Bryan de OutSportsPA, qui m'avait promis de venir. Je comptais sur Bryan pour être celui qui poserait des questions intelligentes après la grande annonce. En refermant la porte de la salle de presse, j'avais envoyé une petite prière afin que Bryan arrive bientôt.

— Je vais bien, mentis-je, sirotant le café en grimaçant alors que le goût de grains brûlés inondait ma langue.

La dernière chose dont j'avais besoin était d'un café. J'étais déjà très nerveux. Peut-être que Stan avait raison à propos de ma consommation de ce breuvage.

Il me toucha à nouveau. Il le faisait beaucoup. Des contacts occasionnels qui prouvaient davantage son attirance, que se voulant rassurants. Je pouvais discerner de la chaleur dans ses yeux, me rappeler la sensation de ses lèvres sur les miennes et je le désirais tellement.

— Tout se passera très bien, me rassura-t-il.

J'ouvrais la bouche pour lui dire que je n'étais pas inquiet lorsque j'entendis les cris. Au début, c'était juste un brouhaha de bruits indistincts, puis je perçus des mots précis. Des injures qui me firent jeter mon café dans la poubelle et courir dans le couloir pour atterrir au beau milieu d'une confrontation.

Ten avait une main posée sur le bras de Jared, qui se montrait stoïque et silencieux. Un homme plus âgé lui criait dessus. Je ne savais pas qui c'était. Puis j'aperçus un jeune homme. Je savais que c'était le fils de Jared, Ryker Everett, qui avait déclaré qu'il tenait à être auprès de son père pour cette annonce. J'aimais bien le gamin, mais il était aussi en colère que le vieil homme et je ne comprenais pas ce qui se passait.

Je me faufilai au milieu du groupe, alors même que le vieil homme levait le poing dans l'intention de blesser quelqu'un. Je baissai brusquement la tête et sentis le mouvement de l'air lorsque le poing passa à l'endroit où je me tenais. Le type recula, déséquilibré, vomissant toujours sa haine.

— À ton avis, que va-t-il arriver à Ryker maintenant ? Le fils d'une putain de tapette. Il sera mort et enterré avant même d'avoir commencé. Tu as foiré toutes ses chances de repêchage...

— Assez ! ordonnai-je.

— Grand-père, arrête ! cria Ryker en même temps, attrapant le poing du vieil homme qui s'était rapproché dangereusement.

Mon cerveau additionna les différentes pièces du puzzle. C'était Jimmy Everett, l'ancien joueur de la LNH, l'ex-beau-père de Jared. Je savais que Jared et sa petite amie, la fille d'Everett, ne s'étaient pas mariés, toutefois, je ne savais pas comment étiqueter Everett. C'était un joueur de hockey de la vieille école qui, d'après ce que j'avais entendu dire, avait déjà causé une scène dans nos locaux.

— Quelqu'un a appelé la sécurité, déclarai-je, puis j'appuyai une main sur la poitrine de Jimmy. Monsieur, vous devez partir.

Jimmy gronda, son attitude parfaitement haineuse, et

pendant une seconde ou deux, je redoutai une réaction, puis avec Jared tentant de m'éloigner et Adler juste à côté de moi, la peur me quitta en un instant.

— Je veux que papa fasse son coming-out, dit Ryker à voix haute.

Assez fort pour être entendu par-dessus les grondements de son grand-père, et probablement aussi jusqu'à la réception. Je voulais lui dire de se calmer un peu, mais bon sang, Jared fixait son fils et cela ressemblait à une intense réunion de famille.

— Tu ne sais pas ce que cela signifiera...

— Si, grand-père, je comprends. Cela donnera à tous les autres joueurs la possibilité d'aimer qui ils veulent aimer et de continuer à jouer, sans être jugés.

Ryker tournait à plein régime à présent, cependant, sa voix se brisa à la fin et Jared s'avança pour poser une main sur le bras de son fils.

— Ryker...

— Non, papa, reprit son fils. Ne cherche pas à me rassurer, et ne me dis pas que les déclarations de grand-père ont peut-être un sens dans tout ça. J'en ai assez de les entendre.

— Je n'allais pas...

Ryker n'écoutait pas. Il se tourna vers son grand-père et planta un doigt dans sa poitrine. Durement.

— Et si je tombe amoureux d'un gars, hein, grand-père ? Seras-tu toujours aussi disposé à me pousser afin de devenir ton golden boy, s'il s'avérait que j'étais bi ?

— Ryker, pour l'amour de Dieu, baisse d'un ton ! cracha Jimmy. C'est comme ça que des rumeurs commencent.

Le visage de Ryker était dur comme de la pierre et il croisa les bras sur sa poitrine.

— J'ai embrassé un garçon à Noël et il vient à la fête de mon dix-huitième anniversaire la semaine prochaine.

Jimmy pâlit. Les yeux de Jared s'écarquillèrent. La bouche de Ten s'entrouvrit. Et moi ? Je me trouvais au beau milieu d'une réunion de famille qui devenait incontrôlable et qui devait se poursuivre dans un lieu privé. Non pas pour éviter que les gens entendent, juste pour que la famille puisse discuter en paix.

C'est à ce moment-là que tout partit en vrille. Jimmy éclata de rage et il s'approcha de Ryker jusqu'à ce qu'ils se retrouvent à quelques centimètres l'un de l'autre, lui grondant quelque chose.

— Que se passe ? fit une épaisse voix russe depuis le couloir où nous avions atterri.

Une que je reconnus – Stan.

— Lâche garçon de Jared, ordonna-t-il.

Jimmy relâcha sa poigne sur Ryker, regarda droit vers Stan et pâlit, reculant d'un pas. Toutefois, cela ne l'arrêta pas.

— Égoïste, putain d'égoïste, Jared ! Pas une seule pensée pour moi, sur la manière dont tu gâches ma vie. Et regarde ce que tu as fait à Ryker !

Tout le monde se figea lorsque Ryker le tira brusquement en arrière et le retourna afin qu'ils soient l'un devant l'autre.

— Papa et moi en avons déjà parlé. Tu penses vraiment que je veux qu'il vive dans le mensonge juste pour que je n'aie pas à faire face à des épreuves dans ma carrière ? Et maintenant, je t'ai parlé de moi, et tu crois toujours que ça compte pour moi de qui il est tombé amoureux ?

Il avait les deux mains posées sur le bras de Jimmy et le secouait. Je m'approchai de manière à être à portée de main. Je devais gérer cela, celui qui était en contrôle.

— Ryker…

— Non, grand-père, tu ne peux pas faire ça aujourd'hui. Je ne veux plus te voir. Je ne veux plus t'entendre. Nous en avons terminé.

— Ryker, intervint Jared derrière moi, la voix cassée.

Merde. C'était un putain de cauchemar !

— Réfléchis…

Ryker grimaça.

— Oh papa, crois-moi, c'est ce que j'ai fait. Je ne peux pas aimer quelqu'un qui hait les autres à ce point.

Il s'écarta de son grand-père, abaissa ses bras, et le vieil homme vacilla légèrement. Pendant une fraction de seconde, j'eus des visions de crise cardiaque, ou de lui s'agenouillant et pleurant, mais non, il redressa ses épaules et fit face à Jared, Ten et son petit-fils.

— Alors, j'en ai fini avec vous. Et toi…

Il pointa un doigt vers son petit-fils.

—… considère le chèque de ton dix-huitième anniversaire déchiré en mille morceaux, et vous y repenserez quand tout ce que tu obtiendras, c'est les ligues de la bière où tu ne pourras jouer que le week-end.

— Qui utilise encore des chèques ? rétorqua Ryker.

Jimmy grogna, puis s'éloigna, heureusement dans la direction opposée à la salle de presse. Et s'il parlait ? Et s'il publiait un communiqué de presse et… ma tête me faisait mal et je passai en mode « crise ». Quelque chose que j'avais perçu me revint à la mémoire et m'inspira, je me tournai vers Stan.

— Dites-lui de ne pas prononcer un mot avant la conférence de presse, ordonnai-je.

Stan acquiesça et nous contourna, marmonnant des paroles en russe.

— Ne lui faites pas de mal, ajoutai-je instantanément.

Stan s'arrêta et se retourna, l'air offensé.

— Je blesser pas, déclara-t-il. Juste avertir.

Jared, Ten et Ryker étaient enlacés, et Adler était proche de moi, tellement que je pouvais sentir la chaleur émaner de son corps, et je me penchai brièvement vers lui, afin de puiser dans sa force, ayant juste besoin de ce moment de connexion.

— Adler...

Je ne savais pas ce que je voulais lui demander, pourtant il comprit.

— Je vais accompagner Stan et assister à l'avertissement, murmura-t-il.

Puis, il serra mon bras et suivit Stan.

Comment avait-il su que j'avais besoin de ça ? Ce joueur de hockey apparemment narcissique, désireux de me glisser dans son lit et qui refusait d'accepter un « non » pour une réponse ?

Je me tournai vers Jared et Ten. Ils s'étaient séparés et me fixaient maintenant avec espoir.

Oh oui, j'avais besoin de connaître toutes les réponses désormais. Je regardai Jared passer un bras autour de son fils et remarquai l'affection évidente entre eux. Cela me rappelait les fois où j'accueillais avec joie ce genre de démonstrations de la part de ma famille, mais bon sang, je n'allais pas me concentrer là-dessus pour le moment.

J'ajustai ma cravate et brossai une saleté imaginaire sur ma veste de costume, avant de la redresser.

Un coup d'œil rapide sur ma montre m'indiqua qu'il nous restait une vingtaine de minutes, et je me demandai comment une situation aussi dramatique n'avait pu durer que dix minutes, alors que cela m'avait semblé être une éternité.

Je n'avais pas le temps de poursuivre Jimmy, ni de vérifier les limites de l'intimidation de Stan. Je devais faire confiance à Adler. Je devais m'assurer que tout le monde était calme et les rassurer tous.

— Hey, petit frère, fit une voix grave, venant de ma gauche.

Quoi... encore ?

J'entendis Ten japper et me retournai pour voir un homme le prendre dans ses bras, pour un câlin qui semblait sans fin. Il s'agissait de Brady Rowe, le frère aîné de Ten, qui jouait pour Boston, si ma mémoire était bonne. Je savais que c'était soit Boston soit la Floride, l'autre équipe détenant un frère Rowe. Je le savais parce que j'avais contacté les deux au milieu de tout cela, puisque, après tout, elles seraient également touchées, étant donné leur connexion avec Tennant Rowe. Le monde du hockey n'était qu'un ramassis d'interconnexions et de commérages que je devais prendre de court. Boston avait en fait suggéré que je travaille avec eux après en avoir fini avec les Railers. C'était le genre de travail que j'aimais obtenir et la plupart des protocoles étaient assez solides dans ma tête.

J'avais juste besoin de comprendre comment tout devait être peaufiné après cette conférence de presse.

— Jamie voulait venir.

— Je sais qu'il joue sur la côte ouest ce soir, déclara Ten, avant de serrer son frère dans ses bras.

Je n'arrive pas à me souvenir de la dernière fois que j'ai embrassé l'un de mes frères. Pas depuis la nuit où Zach m'a porté à l'intérieur de la maison et a pleuré avec moi. Pas depuis que mes frères et sœurs ont cessé de pouvoir me regarder dans les yeux.

Quand tout le monde se sépara, Stan et Adler étaient de retour.

— Nous l'avons enfermé dans un placard, lança Adler avec sérieux. Ironique, non ? ajouta-t-il.

— Non... tu n'as pas fait ça... commençai-je, puis Adler donna un coup de coude à Stan.

— Bien sûr que non.

Stan se tenait juste là et me lançait un regard noir et je lui suggérai de retenir ses commentaires tant que la conférence de presse ne serait pas terminée.

Brady me sourit.

— C'est donc à vous de vous assurer que cette conférence de presse est suffisante pour arrêter les critiques.

Pas de pression, hein ?

Je me sentis encore plus malade qu'auparavant.

Jared, Ten, Ryker et Brady s'éloignèrent vers la salle de conférence, Stan suivant derrière, marmonnant toujours en russe, Dieu seul savait quoi.

Je fixai Adler, ressemblant probablement à un homard coincé dans une marmite d'eau bouillante. Il souriait toujours, agrippa mon bras et le serra légèrement.

— Respire, dit-il.

Ce que je fis.

La pièce n'était pas particulièrement grande, suffisante pour contenir une trentaine de chaises et quelques journalistes se trouvaient debout à l'arrière. Je repérai tout de suite Bryan et nous échangeâmes des signes de tête. Je ne lui avais pas tout dit, néanmoins, il suffisait de regarder les noms affichés sur le podium pour avoir une bonne idée de ce qui se passait ici.

Jared Madsen. Tennant Rowe.

La plupart des membres de l'équipe étaient présents, répartis autour de la pièce. Le groupe de direction, le capitaine, les deux suppléants, les vétérans, le fils de Jared et le frère aîné de Ten se situaient dans un groupe placé juste à côté de la petite estrade. Brady portait un sweat-shirt de Boston, détonnant parmi les gars de l'équipe vêtus de costumes. Toutefois, il incarnait une déclaration qu'il fallait faire, comme quoi il n'y avait pas seulement les Railers qui se retrouvaient confrontés à cela aujourd'hui. Brady était à la fois un membre de la famille et le représentant d'une des six équipes originales.

Eh oui, j'avais cherché à comprendre ce que cela signifiait quand Ten avait expliqué que son frère était prêt à tout pour être dans une équipe avec une longue histoire derrière elle. J'avais pensé que cela pourrait être un problème et l'avais mentionné, mais Ten et Jared s'étaient contentés de rire. Manifestement, le grand frère, joueur à Boston, ne représentait pas un problème.

Adler s'était positionné entre les deux groupes.

Il me semblait que tout le monde était là pour soutenir Ten et Jared, à l'exception d'Adler, qui demeurait pour moi. Je secouai la tête pour me débarrasser de la pensée idiote, pourtant Adler n'observait pas la scène, il me regardait droit dans les yeux.

Le propriétaire de l'équipe, Felix Cote se leva.

— Bienvenue à tous, dit-il, calmant la salle alors que Ten et Jared prenaient place. Nous avons préparé une déclaration et des copies seront disponibles à la porte. Tennant et Jared répondront à des questions limitées plus tard.

J'attendis que Felix reprenne sa place. Nous en avions discuté, décidant de qui devrait lire la déclaration. Jared avait déclaré que ce devait être lui, cependant j'avais bien fait valoir mon point de vue, et ils m'avaient écouté.

Peu importait qui prononçait les mots. Jared pourrait être perçu comme cherchant à égarer Ten, ou comme ayant une mauvaise influence. Ten pouvait parler et donner l'impression que Jared l'avait changé d'une manière quelconque, comme s'il n'était qu'un enfant qui n'avait pas voix au chapitre.

En fin de compte, nous avions abouti à un compromis.

Ce n'est que lorsque Ten commença à parler que je me détendis un peu. Nous avions répété. Je leur avais conseillé de suivre le script. Ils pouvaient faire ça.

— Je suis gay, déclara simplement Ten.

Ce n'était pas l'annonce des résultats d'une émission destinée à découvrir des talents et qui nécessitait de longues pauses pour faire durer le suspense – autant aller droit au but.

— Je le sais depuis longtemps, même si je n'ai ressenti que récemment le besoin d'informer tout le monde de la personne que je suis vraiment et de l'homme avec lequel je suis engagé dans une relation.

— Il s'agit de moi, poursuivit Jared. Je suis ami avec la famille Rowe, j'ai souvent joué avec Brady. Lorsque Ten a été échangé de Dallas à ici, nous nous sommes retrouvés en tant qu'amis, puis nous sommes tombés amoureux.

Je hochai la tête. Il fallait faire le distinguo, indiquer qu'ils avaient d'abord été amis et qu'ils n'avaient pas noué de relation suite à une gueule de bois digne d'un adolescent. Nous avions décidé que personne n'avait besoin de connaître le baiser prématuré qu'ils avaient partagé.

C'était de nouveau au tour de Ten.

— Quand j'étais plus jeune, j'ai toujours aspiré à être comme mes frères. Brady et Jamie ont tous deux été sélectionnés dans des équipes de la LNH, et quand nous nous entraînions enfants, j'étais aussi rapide qu'eux, je pouvais tirer comme eux. J'étais un défenseur de merde et mes compétences de gardien de but ne valaient pas mieux, mais j'étais un bon tireur. Je n'étais pas différent de mes frères. Je n'étais qu'un patineur.

Quelques journalistes tournèrent la tête pour regarder Brady, qui sourit à Ten.

— Je n'ai pas de frères, reprit Jared. Je n'étais pas une superstar comme Ten, pourtant, j'ai très bien joué jusqu'à ce que je sois obligé de prendre ma retraite pour raisons médicales.

Je hochai la tête. Je leur avais suggéré de rappeler au public pourquoi Jared avait dû cesser de jouer. Ils le savaient tous, seulement, le fait que Jared en parle signifiait que cela ferait partie de leurs posts et de leurs messages.

— Être gay n'est pas un problème.

— Ou bi ajouta Jared.

— Nous sommes toujours des joueurs de hockey et

nous travaillons durement pour donner le meilleur de nous-mêmes.

— Nous pouvons encore jouer, déclara Jared. Ou avons joué.

Ils se regardèrent alors, et ce n'était pas du tout prévu dans le script. Le sourire qu'ils échangèrent était beau, sincère et je vis des flashs crépiter alors que les gens prenaient des photos pour leur reportage. C'était précisément l'image que je désirais montrer.

Heureux. En couple. Amoureux.

— Bryan de OutSportsPA, se présenta Bryan. C'est une question pour Ten. Avez-vous la sensation que désormais vous pouvez être fidèle à vous-même et que vous jouerez mieux au hockey ?

— Absolument ! lança Ten, emphatique et souriant.

— La coupe Stanley est meilleure, ajouta Jared, donnant un coup de coude à Ten.

Celui-ci lui adressa un autre sourire, puis termina l'interview avec des remerciements.

— Nous tenons à remercier l'organisation des Railers pour son soutien et pour avoir été la première équipe de hockey professionnel à faire face aux inévitables problèmes qui se poseront. Je ne pouvais pas souhaiter faire partie d'une meilleure équipe. Du propriétaire aux joueurs, chaque membre de l'équipe a fait preuve de compassion et de compréhension.

La main de Ten s'écarta du bureau et tomba sur ses genoux et je pouvais aisément deviner qu'il touchait le genou de Jared. Lorsque l'entraîneur fit de même et remonta ensuite leurs mains jointes sur le plateau, il y eut d'autres photos. Nous n'avions encore rien décidé concernant les gestes publics d'affection, notre plan était de les montrer lorsque les gens seraient plus à l'aise, même si j'étais d'accord avec Jared pour dire que prendre Ten dans ses bras et que l'embrasser passionnément aurait fait une déclaration d'enfer.

Une partie de moi détestait qu'il ne puisse pas simplement faire ça. Enfin, pas encore. Y aller lentement, sûrement, permettait de gagner la ligne d'arrivée.

Le fait qu'ils se tiennent par la main était agréable. Une image positive qui, malheureusement, suffirait aux haineux pour déclencher la réaction attendue. Mais également pour montrer aussi à quel point ces deux hommes étaient amoureux.

Je n'entendis pas ce que Jared répondit à certaines questions, cependant, cela déclencha un fou rire chez les journalistes. Cela ne faisant sans doute pas partie du script, car je n'avais rien écrit d'amusant dans les différentes déclarations que nous devions faire ici.

Puis, ce fut terminé, la conférence de presse était finie et je fus incapable de m'en empêcher. Je regardai Adler, une partie de moi cherchant désespérément son approbation sur ce qui s'était passé ici aujourd'hui.

Je n'arrivais pas à le voir et le choc que je ressentis à l'idée qu'il soit parti me retourna les entrailles, jusqu'à ce que je sente le contact d'une main dans le creux de mon dos.

— Tu t'en es très bien sorti, murmura Adler.

Je me détendis un peu et entendis le petit gloussement qu'il laissa échapper. Le bâtard savait qu'il m'avait eu.

— Alors, fit Ten, et je tournai brusquement la tête vers l'estrade. Des questions ?

— Qu'en pensent vos frères ? demanda quelqu'un.

Nous nous étions préparés pour ça, c'était Ten qui était

censé répondre, pas Brady. Seulement, sa présence était un bonus supplémentaire.

Brady se racla la gorge.

— Ses deux autres frères et moi-même sommes très heureux. Non seulement que Ten suive son cœur et qu'il est la personne la plus courageuse et la plus heureuse au monde, mais aussi qu'il soit le troisième meilleur joueur de la LNH.

Les journalistes éclatèrent de rire, certains prirent des photos de Brady avec ses mains pendant à ses côtés, le logo de Boston parfaitement visible à l'avant de son sweat-shirt.

Dès que les rires se tarirent, quelqu'un posa une autre question.

— Il n'existe aucun protocole pour un joueur ouvertement gay de la LNH. Ten, à votre avis, comment pensez-vous que la ligue va réagir ? demanda le journaliste de SportsWide, un jeune homme intrépide qui se rapprochait toujours beaucoup trop des joueurs lors d'interviews post-matchs. Je l'avais identifié comme une potentielle source de problèmes et je pus voir l'expression de Ten changer subtilement.

— J'espère que la ligue maintiendra ses efforts en faveur de l'inclusion et soutiendra notre honnêteté, répondit-il.

Manifestement, ce n'était pas suffisant.

— Comment vont-ils empêcher les fans de réclamer votre éviction de l'équipe ? persista l'idiot.

— Ils peuvent toujours essayer, murmura Felix dans sa barbe.

Les journalistes les plus proches du propriétaire de l'équipe le dévisagèrent tous. Il se leva, juste à ce moment-là, et prononça un discours impromptu qui m'inquiéta.

— J'ai parlé à la ligue, aux propriétaires d'équipes, lors de deux conférences. C'est un problème qui obtiendra l'appui total de la ligue.

— Alors, vous reconnaissez que c'est un *problème* ? insista le crétin.

Où était Stan quand vous aviez besoin de lui pour virer quelqu'un d'une pièce ?

Felix ne se démonta pas. Il adressa au journaliste un regard acéré.

— En ce qui concerne la ligue, la préférence sexuelle d'une personne ne constitue pas un problème.

Eh bien, cela lui rabaissa son caquet. Bien sûr que c'était un problème – aucune personne sensée n'imaginerait que tous les fans allaient adhérer à ce changement ni qu'ils soutiendraient volontiers une équipe composée d'un joueur gay. Personne ici n'était naïf, toutefois ces simples mots furent suffisants pour changer l'humeur qui régnait dans la salle, passant d'une possible confrontation s'ils suivaient le processus de réflexion de ce journaliste, à offrir un meilleur soutien.

Les questions fusaient, et avec chaque réponse, l'ambiance se détendait encore plus. C'était une déclaration heureuse, positive, Ten et Jared, quand ils partirent, souriaient tous les deux.

Et pendant tout ce temps, Adler avait gardé sa main sur le bas de mon dos et je me délectais de sa chaleur.

J'étais sur un petit nuage – la conférence de presse s'était bien déroulée, les retombées seraient étonnantes, les photos bonnes, et je savais que j'aurais désormais à m'occuper de répondre aux demandes d'interviews avec Jared et Ten.

Mon rôle était loin d'être terminé, néanmoins, je pouvais me détendre un peu.

Raison pour laquelle je fis un pas en arrière, jusqu'à ce que je me rapproche d'Adler et lors que la pièce fut déserte et qu'il ne restait plus que nous deux, je savais ce que je voulais vraiment. Les rapports post-conférence pouvaient attendre.

Je désirais Adler. Et tout de suite !

Chapitre Dix

Adler

JE ME TOURNAI VERS LAYTON, PENSANT LANCER UNE petite remarque décontractée, suggérant que nous pourrions, éventuellement, prendre un autre café afin de voir s'il souhaitait m'accompagner. Bon sang, je pourrais même réussir à le convaincre et lui faire accepter qu'il s'agissait d'un rendez-vous. Il s'était montré réceptif à mes contacts pendant la conférence de presse. Si j'avais vraiment de la chance, je pourrais peut-être même obtenir un autre baiser. Tu parles que mes papilles gustatives apprécieraient ! J'étais prêt à parier qu'il aurait un goût fantastique. Une combinaison sexy de virilité et de grains de café…

Il se pencha un peu, sa poitrine effleurant la mienne. Mon souffle se bloqua alors que son eau de Cologne et la sensation de son corps svelte et dur se mêlaient. Son regard passa de ma bouche aux deux portes fermant la salle de presse. Je me concentrai entièrement sur Layton, parce que… merde, il envoyait des ondes que ma queue recevait fort et clair.

Il se mouilla les lèvres, une habitude nerveuse qui m'excitait. Un groupe d'hommes bruyants passa devant la porte sur notre gauche. Un peu de passion disparut de ses profondeurs d'étain.

— Puis-je te parler dans mon bureau ?

— Oui bien sûr.

Je le suivis, essayant de comprendre ce que j'avais fait de mal. Il devait y avoir quelque chose. Sinon, pourquoi voudrait-il me voir seul ? Merde. Ma bouche était-elle entrée en jeu sans que je le sache ? Nous tournâmes à un coin du couloir, mes jambes plus longues poussant pour suivre le rythme précipité de Layton. Bon sang ! Je devais avoir vraiment déclenché un truc bizarre. Ce regard que je croyais être empli de désir devait contenir de la colère.

— Lockhart, sale Neandertal ! cria Brady Rowe en nous voyant arriver.

Il parlait avec un petit groupe de Railers. Layton s'arrêta net devant moi. Je m'approchai pour me tenir à ses côtés. Il était illisible à présent.

— Rowe.

Je serrai la main de Brady. Comme moi, c'était un grand gars et un putain d'excellent défenseur.

— Comment cela se passe-t-il à Bean Town ?

— Je ne peux pas me plaindre. J'ai été choqué de lire que tu avais été échangé.

Il adressa un signe de tête poli à Layton.

— C'est la vie à l'ère des plafonds salariaux. Tant pis pour eux. J'apprécie les choses ici. As-tu déjà rencontré Layton Foxx ? Il est le gourou des médias sociaux pour les Railers. C'est lui qui a mis toute cette conférence en scène.

Je jetai un coup d'œil à Layton pendant que je parlais à Brady. Il avait l'air incertain, pris au piège entre deux gros joueurs de hockey. Ce n'était pas la première fois que je remarquais son malaise. Pourquoi cet homme était-il si nerveux ? Cela m'inquiétait de noter autant de réserve sur son beau visage. Je voulais le voir seulement sourire. Je m'y efforcerai.

— Ten ne tarit pas d'éloges sur vous, Layton.

Brady tendit sa grosse patte à Layton, qui l'attrapa et la serra rapidement avant de la relâcher. Ouais, il avait vraiment l'air piégé. Cela m'inquiétait pour des raisons que je n'osais explorer à l'heure actuelle.

— J'ai remarqué que mon petit frère et toi commenciez à former un bon duo sur la glace.

Brady croisa les bras sur ce gros et vieil emblème de Boston qu'il portait si fièrement.

— Ten est un centre extraordinaire. Vue excellente et mains douces. Devine les actions d'un joueur cinq secondes avant les autres perdants sur la glace puissent le faire.

— Ce qui signifie que tu dois toujours lutter pour le rattraper, me taquina-t-il.

— Pas comme toi. Les défenseurs sont connus pour être un peu lents, tu sais, surtout de là.

Je tapotai ma tempe.

— En parlant de lenteur, as-tu vu cette merde exploser à propos de Greg Davies à l'ECHL ?

— Mec, ce type a des problèmes. Quand il a joué à Columbus avec moi cette année-là, il essayait toujours de rouler des nanas que je trouvais beaucoup trop jeunes pour…

— Attendez…

Layton s'immisça dans la discussion sur le hockey.

— Cet homme a renversé une femme ?

Brady et moi éclatâmes de rire.

— Nan, rouler veut dire qu'il tentait de draguer des filles, expliqua Brady.

— Décidément, le hockey a sa propre langue, déclara Layton, avant de sortir son iPad pour y taper quelque chose.

— Ouais, en effet. Alors, écoutez, il me reste quelques heures avant de rentrer à Boston. Veux-tu venir me retrouver, avec Ten et Jared pour un déjeuner ? Je suppose que beaucoup de Railers y vont aussi.

Manger en compagnie des gars et de Brady me semblait être une bonne idée. Bien mieux que de me faire enguirlander pour une stupide gaffe auprès des médias sociaux dont je n'étais même pas au courant. Mais Layton avait l'air bien décidé.

— Donnez-moi trente minutes.

— Cool. Nous allons traîner dans le coin pour parler à la presse et autres conneries. Layton, ravi d'avoir fait votre connaissance.

Brady sourit, puis partit faire son truc de « je suis le frère fier d'un homme gay ».

Layton décolla à nouveau et je dus trottiner pour rester à sa hauteur. Il ouvrit la porte de son petit bureau à la volée. J'entrai après lui, ayant l'impression d'être un chien sur le point d'être fouetté pour avoir volé une côtelette de porc dans une assiette laissée par terre. Je veux dire... peu importe ce que j'avais déblatéré, il aurait dû savoir qu'il valait mieux ne pas me donner accès à une côtelette de porc. Je n'y comprenais plus rien à présent. Comment étais-je passé de Layton à la viande de porc ? Je devais réprimer mes pensées décousues.

— Es-tu d'accord pour que je ferme la porte ? demandai-je.

Il acquiesça.

Je lui donnai un petit coup, et elle se referma lentement.

— Okay, alors voici ce que je propose… indiquai-je. Peu importe ce que j'ai fait ou dit, je m'en excuserai. Rédige juste quelques Tweets ou autres et je les posterai tout de suite.

Il fit le tour de son bureau, ses yeux passant successivement de moi à la porte.

— Verrouille-la.

— Hein ?

— Verrouille la porte.

Il se tenait derrière son bureau, les yeux enflammés. Seigneur ! Je devais vraiment avoir merdé en beauté. Foutues côtelettes de porc.

Adler, mec, arrête avec les chiens et les côtelettes.

Je fis ce qu'il avait demandé. Il contourna son bureau, son regard rivé au mien, s'approcha droit vers moi, attrapa ma tête à deux mains et attira ma bouche à la sienne. Au moment où mes lèvres se posèrent sur les siennes, quelque chose bougea. Les plaques tectoniques de la Terre glissèrent dangereusement. La planète s'inclina vers la gauche, puis revint en place. Layton tapota le contour de mes lèvres, ses doigts agrippant fermement mon crâne. À cet instant, je compris que tout ce qui se passerait au cœur de la Terre, cela nous engouffrerait tous les deux. Je l'attrapai et le projetai contre la porte, avide de le goûter davantage.

Il grogna sous l'impact. Le souffle humide de sa respiration sur mon visage ne fit qu'attiser le feu. Je plaquai mes mains contre le panneau, sa tête sombre appuyée sur le bois alors que mes doigts s'écartaient et que je me penchais vers lui. Mon regard était rivé au sien. Une poussée de quelque chose qui n'avait rien à voir avec le magma, les tremblements de terre ou le désir alimentait la passion dans son regard.

Il était effrayé. Par moi. À l'idée d'être coincé ou acculé. Okay, très bien. C'était la raison pour laquelle il ressemblait à un lapin cloué par deux chiens lorsque Brady et moi l'avions bloqué dans un coin.

Je me déplaçai légèrement sur le côté, abaissai mes mains, me tassai de quelques centimètres afin de nous retrouver au même niveau et pinçai doucement sa lèvre inférieure. J'ondulai des hanches, espérant le ramener dans le moment présent.

— Merci, murmura-t-il.

Je suçai sa lèvre gonflée, rien ne le touchait sauf mon sexe qui se heurtait à sa hanche. Nous haletions tous deux. Je sentis une main se poser sur mon côté, puis l'autre, alors que je jouais avec sa bouche ouverte et me frottais contre lui.

— Tu me rends fou, avouai-je, quand son doigt glissa sous ma veste.

Je serrai les poings pour empêcher mes mains de se montrer trop entreprenantes.

— Pareil pour moi, répondit-il, avant de tirer sur le bas de ma chemise de soirée pour la libérer de mon pantalon.

Ses mains s'insinuèrent sous le tissu de coton, ses doigts rebondissant de côte en côte. Un grondement m'échappa. Je couvris sa bouche de la mienne, la sondai aussi profondément que possible, désirant qu'il réponde. Il le fit et c'était génial. Sa langue caressa la mienne, m'incitant à la frénésie. Je m'écartai du baiser. Il le pourchassa, sa prise sur mes côtes se resserrant. Je le laissai attraper mes lèvres. Il ronronna légèrement lorsque je caressai de ma bouche la sienne ouverte. Il semblait aimer cela, alors je continuai à le faire, lapant ses lèvres et le coin de sa bouche tandis qu'il léchait ma langue qui bougeait rapidement.

— Mon Dieu, Adler, gémit-il.

Quelque chose à l'intérieur de mon cerveau se brisa en l'entendant prononcer mon nom avec passion. Je l'embrassai avec ferveur, mes dents rasant les siennes. Il devint un peu plus sauvage après ce baiser. Il me poussa et je reculai instantanément. Je ne voulais voir que du désir dans ses beaux yeux.

— Je suis désolé, soufflai-je.

Il secoua la tête, puis se mit à genoux et m'incita à changer de place. Mes omoplates embrassèrent la porte verrouillée.

— Merde, merde, merde, grognai-je quand ma braguette fut ouverte et mon sexe libéré d'un mouvement fluide.

Je baissai la tête. Nan. Je n'aurais pas dû faire ça, pourtant, c'est ce que je fis. Le voir à genoux, ses yeux gris aux paupières mi-closes alors qu'il me prenait dans sa bouche, faillit me faire jouir.

— Lentement, Layton, s'il te plaît.

Il inclina la tête, sans ralentir. Il me suça durement et rapidement, utilisant sa langue pour me faire haleter et gémir en quelques secondes. Mon Dieu, il était doué. *Tellement* bon…

— Layton... merde !

Je gardai mes yeux fixés sur lui alors que j'éjaculais. J'enfonçai mes ongles dans le bois de la porte. Il m'avait fait basculer du bord du gouffre plus vite que n'importe quel autre homme. Il attrapa le mouchoir bleu-argenté de sa poche de poitrine et cracha dedans, détournant son regard.

— Ça va ? demandai-je, entre deux frissons et un halètement.

Il acquiesça, puis posa un genou à terre et se releva. Il semblait inquiet maintenant, son mouchoir froissé à la main.

— Je suis désolé… à propos de ça.

Il agita le mouchoir.

— Mec, tu n'es pas le seul homme à ne pas avaler, répondis-je alors que je reprenais ma taille normale.

Il me lança un regard qui criait qu'il pensait que je cherchais seulement à l'apaiser.

— Sérieusement. Merde, je ne le fais pas toujours, pas tout le temps. C'est bon.

Je tendis la main pour toucher sa joue. Il recula un peu, puis se rapprocha, ses yeux parcourant mon visage.

— Crois-tu que je peux te faire la même chose ?

Je pris sa joue en coupe, puis passai mon pouce sur sa lèvre inférieure. Bon sang, sa bouche était une véritable œuvre d'art.

Il semblait sur le point d'accepter et j'avais hâte de poser mes mains sur lui.

Un coup fut frappé à la porte et un « Layton ? » fortement accentué de Stan fut suffisant pour nous tirer du nuage d'excitation qui nous entourait.

— Vous voulez bien m'accorder un moment ? indiqua Layton.

— Déjeuner, ajouta Stan.

— J'ai apporté le mien, lança Layton, me regardant droit dans les yeux.

Que se passait-il avec Stan ? Il semblait bien trop intéressé par ce que Layton mangeait.

Une phrase très distincte en russe – qui disait quoi, qui pouvait le savoir ? – et tout redevint calme.

Je regardai Layton avec une expression emplie d'espoir, mais il secoua la tête. L'excitation s'était évaporée.

— Tu es sûr ? Je veux dire… tu as manifestement besoin d'un soulagement et j'aimerais beaucoup te prendre dans ma bouche, entre autres.

— Non, non, pas maintenant. Plus tard peut-être. D'accord ?

— Bien sûr, ouais, dès que tu en auras envie.

Nous étions de retour à un Layton inquiet, et à un Adler qui se sentait totalement confus, ce qui était nul.

— Nous devrions peut-être rejoindre les gars ?

Oh… kay. Cette expression était un refus catégorique.

— Un café alors ? Toi et moi ? Tu me dois une causerie.

— Je dois surveiller les médias sociaux, les téléphones...

— Tu peux prendre une heure. Apporte ton téléphone.

Il lutta pour me répondre.

— Je dois, euh... faire quelque chose avec ça avant de partir.

Il leva la main tenant le mouchoir sale. Sans déconner,

je bondis presque de joie, juste à l'entendre dire qu'il prendrait ce café avec moi.

— Donne-le-moi.

J'ouvris la main. Les sourcils froncés, il laissa tomber le carré sale dans ma paume. Je le fourrai dans ma poche, puis tendis une main devant lui.

— Là, laisse-moi arranger ça.

Il me regarda pendant que j'ouvrais le cadeau précédemment offert et sortais le mouchoir parfaitement plié avec la bordure arc-en-ciel. Je m'approchai, mes yeux retenant les siens, et insinuai le tissu soyeux dans sa poche.

— Maintenant, tu as l'air très sexy.

Je tirai sur le mouchoir, l'ajustant un peu. Il me vola un baiser. Il était loin de ressembler à tous les autres que nous avions échangés, mais c'était tout aussi puissant.

— Merci de ne pas être rebuté, dit-il.

— Merci d'avoir enfin accepté mon cadeau.

Je le laissai s'approcher de moi. Il commença à remettre ma chemise en ordre, son regard revenant plusieurs fois sur le mien pendant qu'il s'efforçait de me rendre présentable. Il semblerait que ce soit son but dans la vie. Rendre Adler Lockhart présentable aux yeux du monde. J'avais de la chance.

— Je suis, ah… ce qu'il s'est passé entre nous ? Je ne suis sûr de rien pour le moment, murmura-t-il en se cachant.

— Moi, je le suis. Je suis certain que nous allons prendre un café et célébrer le fait que tu aies foutrement réussi à cette conférence de presse. Nous pourrions même devenir fous et ajouter un muffin avec notre café.

Je lui fis un clin d'œil et il sourit. Ce fut à peu près à ce moment-là que je compris que j'étais tombé amoureux de lui. Quand le petit sourire timide d'un homme vous donne l'impression d'avoir décroché la lune et les étoiles ? Vous étiez déjà en chute libre.

Je nous conduisis dans ce minuscule café situé à une dizaine de rues de la patinoire. Il n'y avait aucun joueur de hockey en vue. Layton semblait être d'accord avec l'endroit, même si je me sentais à l'étroit. C'était tout petit et branché avec des sortes de guéridons en guise de tables et des sièges rétro qui, je le savais, ne pourraient pas accepter ma corpulence.

— Allons-nous nous asseoir ? demanda Layton alors que je restais en équilibre entre mon café et un muffin au cassis.

— Tu penses que cette chaise ridicule va pouvoir soutenir mon poids ?

Il apprécia ma remarque, tout en coupant délicatement son muffin en quatre parts bien égales.

— Elle devrait. Les choses qui semblent faibles sont parfois plus fortes que tu ne le penses.

— Wow, c'était profond ! murmurai-je, avant de m'asseoir prudemment. Était-ce à propos des chaises ou de toi ?

Il leva le regard de sa pâtisserie.

— Les deux, peut-être, admit-il.

— C'est cool. Donc, voici ma conclusion, d'accord ? Je t'aime bien. Et je pense que tu m'aimes bien aussi.

— Sans doute.

Je ris à sa réponse distante.

— Cette fellation sauvage dans ton bureau suggère que tu me trouves quelque peu adorable.

— Tu ressembles à un setter irlandais, lâcha-t-il, avant de recommencer à émietter son muffin.

— Tu veux dire que je suis très dynamique, joliment roux et que j'ai tendance à aboyer avant de penser ?

Il m'adressa un sourire timide, et le croiriez-vous, il y avait de nouveau une trace de ce soleil qui réchauffait mon âme. J'adorais tellement ça.

— D'accord, je peux l'accepter. Découpes-tu toujours ton muffin ?

— C'est plus facile de garder le contrôle de cette façon.

Il secoua une serviette en papier avec le logo du café et la posa sur ses genoux. J'écartai le papier de mon muffin et le fourrai dans ma bouche. Ses yeux devinrent aussi ronds que l'assiette sur laquelle son gâteau était posé.

— C'est comme ça que je contrôle les choses, parvins-je à dire, en dépit de ma bouche pleine.

Il secoua la tête, puis prit un morceau de sa pâtisserie aux canneberges.

— Cela explique beaucoup, rétorqua-t-il sèchement avant de grignoter sa friandise.

Il me fallut quatre essais pour avaler. Lorsque je pus respirer, je fis descendre la boule de pâte avec du très bon café.

— Bon, revenons à nous, repris-je. Je t'aime bien et tu m'aimes bien. Non, ne chipote pas. Je suis encore étourdi à cause du sexe oral que tu as pratiqué sur moi.

Il rougit peut-être légèrement. Deux femmes passèrent devant nous, discutant à propos d'enfants. Elles s'assirent près de la fenêtre. Nous avions choisi un endroit plus isolé, au niveau du comptoir. Layton m'avait demandé de m'installer près du mur. Il vérifiait son téléphone, son expression passant de souriante à énervée, aussi vite que vous pouviez dire « idiots d'internautes ».

— Je pense que nous devrions sortir ensemble, déclarai-je.

— Tu n'as pas fait ton coming-out, s'empressa-t-il de me rappeler, posant son portable sur la table, avant de prendre une autre bouchée de muffin. Et même si c'était le cas, je ne suis pas sûr que nous devions nous voir. Ce n'est pas professionnel.

— Okay, oui, je ne suis pas sorti de mon placard, mais je pourrais l'être si je tendais mon bras au-dessus de la table, te prenais par la peau du cou et t'embrassais ici devant tous ceux qui marchent dans la rue Susquehanna. Ainsi, je serais « out » et alors ?

— Et je me retrouverai à gérer une situation qui pourrait exploser à la figure de tous les joueurs de l'équipe des Railers, comme quoi ils deviendraient gay du jour au lendemain.

— Conneries.

— Tu sais que c'est vrai. Et il y a toujours le fait que je travaille pour la direction des Railers et que tu es un joueur.

— N'est-ce pas toi qui viens juste de mettre en scène cette conférence de presse pour un entraîneur et un joueur ?

Je fis signe au barista et commandai un autre muffin.

— C'était différent, et tu viens déjà d'engloutir un muffin.

Cela ressemblait à ce que ma mère aurait pu dire si elle

se souciait de ce que je mangeais ou de quand. Cela me fit sentir spécial.

— Recevoir une bonne fellation me donne toujours faim. Tu devrais voir ce que je peux ingérer après avoir baisé un bel homme aux yeux charbonneux toute la nuit.

Son morceau de muffin se figea à un centimètre de sa bouche.

— Tu aimes parler crûment juste pour me secouer, n'est-ce pas ?

— Oui, totalement.

Je souris alors que mon deuxième gâteau arrivait. Je tendis un billet de cinq à la serveuse et lui dis de garder la monnaie.

— Revenons à nous. Je pensais que nous pourrions sortir ensemble une fois ou deux par semaine. Pour voir des films ou dîner essentiellement, parce qu'avec nos emplois du temps, espérer davantage serait pratiquement impossible.

— Tu sembles plutôt présomptueux. Il me semble pourtant avoir déclaré que nous ne sortirions pas ensemble.

— Non, tu as balancé une réplique idiote et j'ai aisément rejeté ton raisonnement boiteux.

Son nez se plissa. C'était adorable.

Oh bon sang ! Adler, vraiment, le niveau de guimauve qui règne à cette table va me faire attraper du diabète et je suis juste une petite voix dans ta tête. Arrête, mec !

Il abaissa sa fourchette avec un morceau de muffin toujours accroché. Je remarquai une pointe de belligérance dans ses yeux.

— Je n'apprécie pas vraiment que tu te montres si pressant. Ce n'est pas un trait de caractère attirant et… merde ! Quoi encore ?

Il attrapa son portable et grimaça à nouveau, le visage crispé en voyant qui appelait. J'espérais que ce n'était pas quelqu'un qui le contactait pour le braquer sur son travail. Mais sa réaction était-elle mignonne ? Oh mon Dieu, oui.

— Maman, bonjour, je suis occupé au…

Il roula des yeux et les leva vers le plafond. Je pris une bouchée de mon deuxième muffin et écoutai son côté de sa conversation mère/fils.

— Non, je n'ai encore rien acheté pour les enfants.

Je mâchai tandis qu'il s'affaissait.

— Pouvons-nous parler du dîner de Noël plus tard ? Je suis au café avec un… euh… eh bien, c'est un joueur des Railers.

— Je suis son rendez-vous, criai-je.

Il n'était pas amusé du tout.

— Non, il est… Eh bien, un rendez-vous est un étirement. Sérieux ? Non, ce n'est pas sérieux parce que nous ne sommes pas… l'amener à la maison pour le dîner de Noël ? Ah, maman, je ne suis pas sûr que ce soit…

— J'adorerais ! Merci madame Foxx !

Je me penchai sur la table et hurlai pour m'assurer qu'elle m'entende. Oh bordel, le regard que je reçus de Layton. Il y avait de quoi frémir et c'était sexy en même temps. Tout comme lui. Je mâchais mon muffin pendant qu'il balbutiait et essayait de trouver une excuse. Je devinai qu'elle n'acceptait rien ce qu'il disait, et il mit fin à l'appel, donnant l'impression d'être assis sur un hérisson.

— C'était tout à fait hors de propos ! cracha-t-il. Tu ne peux tout simplement pas t'inviter à des vacances avec ma famille !

— Premièrement…

Je levai un doigt.

— Je ne me suis pas invité. C'est ta mère et j'ai poliment accepté.

Les sillons sur son front se creusèrent.

— Deuxièmement…

J'ajoutai un autre doigt et les secouai sous son nez adorable.

— Ce sera génial. As-tu des frères et sœurs ? Neveux ? Nièces ? Oh bon sang ! Y aura-t-il un grand sapin ? Je parie qu'il y en aura un. Je vais devoir faire du shopping. Qu'est-ce que ta mère aime ? J'enverrai Apollo chez Cartier avec une liste. Quoi ?

— Sincèrement… tu ne peux pas être *aussi* enthousiaste à l'idée de passer Noël avec ma famille. C'est bruyant et exigu, les enfants courent partout, crient et pleurent. Ce n'est pas du tout ton truc, j'en suis sûr.

— Super ! Mes souvenirs de Noël se limitent à moi et les membres du personnel qui passons les fêtes dans la maison du Maine jusqu'à ce que je retourne à l'école. Bruyant et fou me paraît être génial.

Il me regarda longuement et durement.

— Je suis désolé pour ça. Cela semble très solitaire.

Ma dernière bouchée de muffin se coinça dans ma gorge.

— C'était toujours comme ça. Alors, dîner demain soir ? Dîner. Un film. Plus de sexe oral ?

Il semblait un peu submergé par mon enthousiasme.

— Devrais-je calmer légèrement mon setter intérieur ?

— Peut-être un peu.

Il inspira profondément et expira lentement.

— Un dîner, c'est d'accord. Pas de film. Nous verrons à propos du sexe oral.

Maintenant, il était temps pour moi de sourire aussi brillamment que je le pouvais afin de l'aveugler.

Chapitre Onze

Layton

J'ÉTAIS DEBOUT ET HORS DE MON SIÈGE QUAND L'AVION atterrit. Ce n'était pas que je détestais voler – cela me donnait le temps de travailler sans interruption – mais l'homme à côté de moi n'avait pas cessé de parler, alors même que je lui avais envoyé tous les signaux possibles et imaginables sur le fait que je ne voulais pas être dérangé. Son accent de Boston m'avait irrité, alors qu'il devenait lyrique à propos du temps qu'il faisait, de la politique et de tous les autres sujets ennuyeux auxquels il pouvait penser.

Il me remit même une carte de visite. Agent immobilier, apparemment, d'après ce qui était écrit.

En plus de tout cela, j'étais fatigué, mal à l'aise, et je blâmais Brady pour tout. Le frère aîné des Rowe m'avait forcé à sortir boire une bière, m'avait raconté toute la nuit ce que Ten faisait avec les Railers, puis avait entrepris de me saouler. Non pas qu'il faille beaucoup. Cinq bières je pense, peut-être plus, j'en avais perdu le compte.

J'avais également envoyé un texto induit par la boisson à Adler, ou Ad comme je commençais à l'appeler. Deux semaines s'étaient écoulées depuis la fellation post-conférence de presse, et nous n'avions rien fait de concret depuis qui pouvait être considéré comme sexuel ou s'apparenter à un rendez-vous.

Il avait disputé trois matchs sur la côte ouest. On m'avait demandé de me rendre à Boston pour une réunion en milieu de semaine qui avait duré quatre jours. Nous avions échangé des textos, mais tout n'était que superficiel : des commentaires sur ses coéquipiers de sa part, des réponses de ma part sur des questions quant à la manière dont ils se débrouillaient.

Hormis le texte que j'avais envoyé la nuit précédente, auquel il n'avait pas répondu.

J'attrapai mon sac de voyage et m'éloignai aussi vite que possible de l'avion et des arrivées nationales, mon esprit très éloigné de Boston ou du type agaçant de l'avion. Tout ce à quoi je pouvais penser, c'était à quel point j'étais mortifié par ce que j'avais envoyé à Ad. Le retour à la maison en Uber était assez long pour que je passe par toutes les étapes des réactions normales suite à l'envoi d'un texte inapproprié.

D'abord, je le relus.

J'ai vraiment besoin que tu me suces maintenant.

Puis je le relus une fois de plus, comme je l'avais fait une centaine de fois auparavant. Juste afin de m'assurer que ce que je croyais avoir envoyé était bien écrit là, noir sur blanc. Puis je vérifiai à qui je l'avais envoyé. Je n'étais pas sûr de savoir ce qui serait mieux : que je l'aie adressé à quelqu'un d'autre qu'Ad ou non.

Et si je l'avais envoyé au propriétaire de l'équipe, ou

encore à son assistante ? Imaginez dans quel genre de merde je me retrouverais si j'avais adressé ce genre de message aux personnes qui m'employaient.

Mais, non. Il était définitivement parti chez Ad.

J'ai vraiment besoin que tu me suces maintenant.

Je gémis et me couvris les yeux. C'était le second stade – l'horrible réalisation de ce que j'avais fait. J'avais dépassé le stade où j'envisageai ou non la possibilité de sortir avec un joueur. Manifestement, lorsque j'étais ivre et que ma libido prenait le dessus, mon besoin d'une fellation l'emportait sur mon professionnalisme.

La troisième étape était la plus rapide, à chaque fois. Ce moment où je devais soit me vautrer dans l'embarras et le regret, soit accepter que mon cerveau avait besoin de se faire à l'idée de jouir grâce à la bouche d'Ad.

Je désirais réellement le toucher, l'embrasser et qu'il me suce. J'étais presque ému par l'excitation provenant d'une nouvelle attirance, ce qui était encore pire à cause de ce qu'il avait fait lorsque nous nous étions embrassés.

Il avait tourné son corps afin que je ne me sente pas prisonnier. Il avait compris, d'une manière quelconque, que je ne voulais pas me retrouver piégé et c'est alors que la dernière étape de tout ce processus me frappa de plein fouet.

Je savais ce que je désirais physiquement, toutefois mes barrières mentales formaient des barres d'acier autour de mon cœur. La dernière fois que j'avais eu envie d'un sportif, la seule fois avant de rencontrer Ad, s'était avérée être un tel carnage que je ne parvenais pas à me la sortir de la tête. En dépit des conseils et de l'énorme soutien de ma famille, j'étais toujours mentalement instable et je ne pouvais pas l'ignorer.

Et si Adler me maintenait de force ? Et s'il me forçait à avaler ? Et s'il me mettait à quatre pattes, puis glissait ses mains autour de ma gorge et utilisait son corps pour m'immobiliser pendant qu'il me baisait ? Me violait…

Mais, et s'il ne faisait rien de tout cela ? Et si Adler Lockhart s'avérait être l'amant le plus doux que j'ai jamais eu, et que je devais ensuite lui avouer tout ce qui m'était arrivé ?

Alors, quoi ?

— Vous vous sentez mal ? demanda le chauffeur, me jetant un rapide coup d'œil dans le rétroviseur.

J'ouvris la bouche pour répondre que tout allait bien, puis je réalisai que mes mains étaient crispées sur ma poitrine, juste au-dessus de mon cœur et que mon souffle s'était accéléré.

— Hey ! Avez-vous besoin d'aller à l'hôpital ?

— Non, soufflai-je, laissant tomber ma main et le téléphone que je tenais si fort dans l'autre. Tout est okay.

Le chauffeur me dévisagea une fois de plus, au point où je m'inquiétais qu'il ne garde pas les yeux fixés sur sa conduite. Puis, paraissant rassuré que je n'allais pas faire de crise cardiaque, il se concentra à nouveau sur la route et je tentai de me détendre.

Après toutes ces étapes, je me rendis compte que toute intimité physique était exclue avec Ad. Je devais retrouver mon type d'hommes habituel : plus petits, plus fins, plus doux.

Le chauffeur me détailla de la tête aux pieds pendant que je réglais la course, au moins, il ne me demanda pas si j'allais bien, ce qui me convenait parfaitement, parce que dans ma tête, j'étais revenu directement au premier stade de la honte que j'éprouvais à cause de ce message et que j'étais probablement écarlate.

Mon appartement se trouvait au troisième étage et je prenais toujours les escaliers, quelqu'un avec une carrière aussi sédentaire que la mienne avait besoin de trouver un moyen de faire de l'exercice. Lorsque je tournai au coin du couloir qui menait à ma porte, j'aperçus Adler qui m'attendait, assis, les jambes croisées sur le sol. Je n'étais pas surpris. J'aurais dû l'être, toutefois, il ne restait plus aucune place pour la surprise parmi le stress contre lequel je me débattais déjà.

Je m'arrêtai à quelques centimètres de la porte, et il se leva, sans faire aucun mouvement dans ma direction.

— Tu parles d'un message ! dit-il.

Son ton se voulait prudent, et je levai les yeux vers lui, l'examinant longuement, me demandant s'il allait ajouter autre chose.

— J'étais ivre, assénai-je catégoriquement.

— J'avais deviné.

Je sortis ma clef et ouvris la porte, la refermant derrière moi et attendis, le dos appuyé contre le solide panneau en bois. Adler rôda dans mon petit appartement, s'arrêtant devant les photos accrochées au mur et les examinant attentivement. Les regardait-il vraiment, ou attendait-il que je reprenne la parole ? Il avait l'air beau en survêtement avec un sweat à capuche à l'effigie des Railers, les mains profondément enfoncées dans ses poches. Ses cheveux n'étaient pas coiffés, comme s'il s'était douché sans se soucier d'ajouter un produit lissant, ni prendre le temps de se regarder dans un miroir.

— As-tu eu un entraînement aujourd'hui ? m'enquis-je.

Je savais qu'il n'y avait pas de match ce soir, qu'ils joueraient contre les Canes demain, et que le suivant serait contre une équipe canadienne. Mes connaissances concernant leur programme se limitaient à cela, bien qu'au cours des semaines passées, j'étais devenu relativement compétent dans certains termes étranges liés aux matchs en eux-mêmes. Jane m'en avait expliqué beaucoup alors que nous regardions la dernière rencontre des Railers contre les Kings de Los Angeles sur l'écran de la salle vidéo.

Nous avions perdu celui-ci, ou plutôt, les Railers avaient perdu au cours d'une prolongation, suite à un rebond chanceux. Je n'étais pas tout à fait sûr de commencer à me considérer comme faisant partie de l'équipe des Railers, ce n'était pas comme si je continuerais à être employé par eux après Noël.

— Oui, répondit-il, et l'espace d'un instant, je ne savais plus à quoi il acquiesçait, avant de me souvenir de ma question concernant l'entraînement. J'ai parlé à Jane et lui ai demandé quand tu serais de retour.

— Depuis combien de temps attends-tu ?

— Une heure, peut-être deux. Elle savait quand atterrissait ton vol, toutefois je voulais m'assurer de te voir, je suis donc arrivé tôt.

— Tu aurais dû m'envoyer un message et…

— Vraiment ? m'interrompit-il brusquement. J'aurais dû ouvrir mon téléphone afin de t'adresser un texto et voir celui que j'ai reçu hier soir ?

— Je suis désolé à ce sujet, m'excusai-je, espérant ne pas paraître trop misérable.

Ad passa les mains dans ses cheveux, et ils retombèrent par mèches sur son front. Il ne répondit rien, puis il haussa les épaules et se débarrassa de son sac, avant d'en sortir quelque chose et de le poser sur la table basse.

— J'ai vu ceci et cela m'a fait penser à toi.

C'était une tasse dans une boîte et je pouvais discerner le dessin là d'où je me tenais. Un setter irlandais tenait un os énorme dans sa gueule et Ad me dévisageait.

— Je suis comme un chien avec un os ? répliquai-je et je levai les yeux du mug pour fixer Ad.

— Je sais, répondit-il. C'est inapproprié, non politiquement correct, et tu ne peux pas l'emmener au travail avec toi, mais j'ai trouvé ça amusant, et après toute cette histoire de setter, cela m'a paru juste.

Il s'interrompit et soupira.

— Ouais, je sais ce à quoi tu penses.

— Et qu'est-ce que c'est ?

Je n'étais pas certain que ce soit une bonne idée de lui poser la question, d'autant que j'avais l'impression d'être tombé dans un piège grossier.

— Que je n'ai rien appris, que je ne peux pas cesser de penser au sexe et à toi, ou plutôt au sexe avec toi. Et que c'est un cadeau et que tu les détestes.

Je ne savais pas trop quel point aborder en premier. Le sexe ou les cadeaux. Les deux représentaient des champs de mines.

— Tu ne peux pas m'offrir de présents.

— Tu as bien accepté mon mouchoir.

— Je le devais, rétorquai-je, une soudaine rougeur envahissant mon visage.

Je ne m'étais toujours pas écarté de la porte, ayant besoin d'elle pour rester debout.

— Ouais, eh bien, là aussi, c'est différent, reprit-il et il avança afin de se tenir devant moi, alors que quelques centimètres seulement nous séparaient.

Il tendit une main que j'attrapai instinctivement, et il m'attira à lui, m'éloignant de la porte, me poussant gentiment, jusqu'à ce que l'arrière de mes jambes heurte le sofa.

— Assieds-toi, demanda-t-il doucement.

J'obéis, m'attendant à ce qu'il fasse les cent pas et discute, ou qu'il s'installe à côté de moi, ou encore à n'importe quoi d'autre, sauf à ce qu'il fit.

Avec une grâce qui ne correspondait pas à quelqu'un de sa taille, il se mit à genoux entre mes jambes et posa ses mains sur mes cuisses. Il releva des prunelles bleues, emplies d'émotion.

— Adler ? m'enquis-je, à moins que je ne le supplie, au diable si je savais ce que je voulais dire et pour quelles raisons.

Il se pencha en avant et déposa un baiser sur la fermeture éclair de mon pantalon, blottissant son nez contre mon érection qui grandissait rapidement. Puis, il ouvrit la braguette et me fit signe de soulever mes fesses jusqu'à ce qu'il puisse faire glisser mon pantalon et mon sous-vêtement le long de mes cuisses. Il s'arrêta, examina le tissu qu'il avait dans la main, puis décida clairement qu'il en voulait davantage. Entre nous, se trouvaient mes chaussures qui avaient été retirées, mes chaussettes, puis il ouvrit ma chemise, déposant des baisers sur mon torse, se concentrant sur chaque mamelon quelque temps, avant de se rasseoir sur ses talons et de me regarder à nouveau.

— Quand tu m'as envoyé ton message, sais-tu ce que j'ai fait ?

— Quoi ?

Je pouvais discerner mes halètements dans ma voix et la manière dont je me tortillais afin que mon sexe se retrouve plus près des mains qu'il avait laissées retomber sur mes cuisses. Ses doigts dessinaient des motifs sur ma peau et je ne m'étais jamais senti aussi exposé. Il était toujours complètement habillé, alors que je me retrouvais nu, au beau milieu de l'après-midi.

— J'ai posé une main sur ma queue et me suis branlé, à l'idée de ce que je voulais te faire. J'ai imaginé ma bouche sur toi, mes doigts glissés à l'intérieur de toi et j'ai joui tellement fort.

— Ad...

— Puis-je ?

J'avais totalement perdu le fil de mes pensées.

— Peux-tu quoi ?

— Puis-je lubrifier mes doigts et les enfoncer en toi en même temps que je te suce ? Dis-moi si tu es d'accord ?

Il avait l'air peiné, comme s'il s'attendait à ce que je refuse.

Une vague de terreur déferla en moi et je la repoussai. Je n'allais pas laisser mon passé dicter ce que je désirais faire de mon présent. Pas avec Adler.

— S'il te plaît, murmurai-je.

Il attrapa son sac, en sortit du lubrifiant et enduisit ses doigts. Alors qu'il prenait mon sexe dans sa bouche, aspirant juste le bout, il insinua sa main plus bas, autant qu'il le pouvait, et appuya ses doigts contre mon ouverture et la massa. Je me soulevai imperceptiblement, plongeant mon membre plus profondément dans sa bouche, et je m'excusai alors même qu'il grognait contre moi. Il savait ce qu'il faisait, ce que je ressentais en cet instant. Il pressa plus fort et je gémis à la sensation de ses phalanges contre moi, sa bouche chaude et humide suçant mon érection. Il réalisait chacun de mes fantasmes et même plus encore. Je voulais le toucher, toutefois, je n'en fis rien. Au lieu de cela, j'empoignai les coussins du canapé et essayai de m'empêcher de jouir trop vite.

Embrassant dévergondé.

Il écarta plus largement mes jambes, le rythme de ses succions et de la pression de ses doigts augmentant, m'amenant au bord de l'orgasme, et soudain, je fus incapable de m'arrêter. Il n'y eut même pas d'avertissement, car mon apogée me frappa de plein fouet, et il avala tout. Il leva les yeux vers moi, donna un dernier coup de langue sur le bout de ma queue sensible avant de se rasseoir, arborant un air suffisant et satisfait.

Crétin !

Il se masturbait, assis, ses mains glissées dans son pantalon, me fixant là, étalé, presque nu sur mon canapé, le soleil de l'après-midi dardant de faibles rayons à travers les grandes fenêtres. Lorsqu'il jouit sur sa main, il souriait encore.

Puis son sourire se transforma en quelque chose de plus, une expression pensive, avant qu'il se redresse et m'embrasse.

Cela ne me dérangea même pas qu'il se dresse au-dessus de moi, car je savais qu'il ne me ferait pas de mal.

— D'accord, d'accord, dis-je contre ses lèvres. Je vais garder ce foutu mug.

Quelque chose changea entre nous à partir de ce jour-là, et je savais qu'en grande majorité, cela venait de moi.

Même en traitant les plus vils des emails et des tweets des connards les plus bigots que j'ai jamais vus, j'avais toujours le sourire d'Adler auquel me raccrocher. Pour commentaires affreux que nous avions reçus à propos de Ten et Jared, nous avions eu une centaine de soutiens, et seulement une dizaine de personnes avaient déclaré qu'elles ne se serviraient plus de leurs abonnements pour la saison.

Je suggérai que ce serait bien que le service des relations publiques leur rembourse l'argent. Tout ce que Felix répondit, fut un « qu'ils aillent se faire foutre ! » échauffé. Je n'abordai plus le sujet.

Ad m'offrit d'autres cadeaux. Parfois ils étaient posés sur mon bureau, ou il me les remettait après une fellation, quand j'étais le plus vulnérable. Mais ils n'étaient pas onéreux. Entre autres, j'étais maintenant le fier propriétaire d'une tête à l'effigie de Tennant Rowe qui dodelinait dès qu'on l'agitait, d'une coupe Stanley gonflable rangée dans un coin de mon bureau et d'une cravate des Railers portant le numéro d'Adler.

Je m'étais également vu offrir un tout nouveau poste à la direction des Railers, un travail à plein temps, dans le but de faire de l'équipe un centre d'excellence et de me prêter à d'autres équipes. Je leur avais répondu que je leur donnerais une réponse que lorsque mon contrat serait en place au début de la nouvelle année. J'étais à moitié excité et terrifié à l'idée d'accepter un rôle dans une équipe de hockey alors que l'homme de qui je tombais amoureux se trouvait toujours là.

Le seul autre incident qui se profilait à l'horizon concernait Noël à la maison. Ce n'était pas un problème pour Adler, il était au-delà d'excité, et les cadeaux qu'il avait achetés étaient tous empilés dans un coin de sa salle à manger. Je les aperçus tous lors de ma seule et unique visite chez lui.

Le soir même, je rencontrai Apollo, un ami d'Adler, et je devinai que j'étais jugé en silence par cet homme. Nous avions réussi à boire toute une tasse de café avant qu'Apollo se montre très direct avec moi.

— Ainsi donc, tu es ce fameux gars, dit-il.

Ce qui était une déclaration plutôt évidente à faire, vu qu'Adler m'avait présenté comme la personne avec qui il échangeait des pipes et des baisers.

Putain d'Adler et son manque de filtre.

— Ouais, répondis-je.

Ce qui était, du moins je l'espérais, la bonne réponse.

Apollo hocha la tête, me prépara un autre café et m'offrit un gâteau. Il semblerait que c'était tout ce qu'il avait besoin d'entendre, car il se lança dans des récits d'anecdotes concernant Adler quand il était enfant et menaça même de sortir un vieil album de photos.

Adler agissait différemment en présence d'Apollo – il était plus calme, plus franc, si cela était possible, et tellement détendu, au point que je crus qu'il allait s'endormir sur le canapé.

— Veux-tu voir ce que j'ai acheté pour ta famille ? me demanda-t-il, paraissant soudain plus éveillé.

Il me traîna jusqu'à la pile de cadeaux. Le gros tas. L'énorme amas de présents, rangés dans des sacs en relief. Je vis des noms comme Cartier, Tiffany, Prada et Ralph Lauren.

— Adler, c'est trop, l'informai-je, ayant l'impression d'agir comme un bâtard lorsque le visage d'Adler s'affaissa momentanément.

Le sourire qui revint était un peu forcé.

— Je ne savais pas trop quoi acheter, expliqua-t-il. Je vais tout emballer ce soir, ou du moins Apollo et moi, et ensuite les faire expédier à ton adresse.

— Adler…

Il m'arrêta d'un baiser, avant de me prendre dans ses bras.

— S'il te plaît, laisse-moi faire. J'ai besoin qu'ils sachent quel genre d'homme je suis et à quel point c'est important pour moi qu'ils m'aient invité.

Nous devions nous envoler pour le Michigan le lendemain de son dernier match avant les fêtes contre les Blue Jackets, ce qui me laissait un peu de temps pour avertir mes parents qu'Adler était un millionnaire qui aimait acheter des cadeaux et qu'ils ne devaient pas se sentir mal à l'aise.

J'espérais que ma famille serait capable de l'accepter et de ne voir les cadeaux que pour ce qu'ils étaient. Non pas que les enfants s'en soucieraient, surtout vu les nouvelles consoles et jeux que j'avais repérés tout au fond.

Il y avait plus dans ces présents qu'un homme dépensant son argent. Je perçus quelque chose chez Adler. Un besoin désespéré d'être accepté et apprécié et je n'étais pas certain que quiconque en dehors d'Apollo en était conscient.

Alors, je fis ce qui me semblait juste. Je pris Adler dans mes bras et lui assurai que tout le monde aimerait ses cadeaux.

Lorsque son sourire redevint plus naturel, je compris une chose.

J'avais bien réagi.

Chapitre Douze

Adler

C'ÉTAIT LA SENSATION LA PLUS ÉTRANGE QUI SOIT : ÊTRE assis sur le siège d'une patinoire qui avait représenté votre chez-vous pendant quatre ans, et les voir vous rendre hommage sur le Jumbotron, tout en portant le maillot d'une équipe différente. La courte compilation vidéo pendant le délai d'attente diffusé à la télévision était un bon. Elle montrait mes points forts lors de mes quatre années avec Columbus, les nombreuses reprises de buts que j'avais faits et les célébrations avec mes ex-équipiers, dont beaucoup que je considérais encore comme des amis et que je continuerais à le faire pendant des années. Lorsque l'hommage fut terminé, les fans se levèrent et applaudirent. Je levai ma crosse en direction des supporters de Columbus en guise de remerciements. J'avais aimé passer du temps ici. C'était une bonne organisation et une belle ville, avec un fort amour pour le hockey qui se répandait dans ses veines. Lorsqu'on m'avait échangé, si je devais être honnête, cela avait été douloureux. Mais un athlète professionnel n'est rien de plus qu'une simple marchandise, nous le savions tous. Bordel, même le Grand Wayne Gretzky avait été échangé, néanmoins, cela faisait mal.

Mes premières semaines à Harrisburg n'avaient été supportables que parce qu'Apollo était là et effectuait tout le travail de merde qu'un déménagement impliquait. J'avais simplement sauté dans un avion pour commencer à jouer au hockey comme le bon garçon que j'étais. J'avais passé beaucoup de temps à comparer les deux villes et les avais trouvées égales à tous points de vue. Puis Layton Foxx était entré dans ma vie et Harrisburg s'était considérablement illuminée. Désormais, je ne pouvais pas m'imaginer être ailleurs, cependant, Columbus et ses supers fans auraient toujours une place dans mon cœur. Cela ne voulait pas dire que je n'allais pas essayer de vaincre mon ancienne équipe. C'était une question de fierté. Une sorte de pied de nez de marquer aussi souvent que possible. D'accord, c'était surtout un « nanananananère » que ma voix intérieure sortait, de la manière la plus enfantine qui soit.

J'ai même peut-être lancé cette raillerie à mon ancien gardien de but, Steve Willis, après avoir dévié le tir puissant de Tennant Rowe droit dans le but. Je pus voir les yeux verts de Steve s'étrécir avant que je m'éloigne afin d'étreindre mes compagnons de ligne.

Oui, j'étais parfaitement immature parfois.

Assis sur le banc après le quatrième but des Railers, mon esprit ne quitta le jeu que l'espace d'une seconde. C'était bon, puisque nous menions de deux buts, en moins de dix minutes en troisième période. Les plans prévus pour les prochains jours rebondissaient dans ma tête. Je devais partir aussitôt que possible pour me rendre à Harrisburg. L'équipe se retirerait dans la matinée, et je voulais rentrer à la maison ce soir afin de profiter de quelques heures d'amour avec Layton avant de partir pour le Michigan, où il n'y aurait pas de temps pour le faire. J'avais même été jusqu'à réclamer un jet Lockhart à l'aéroport international John Glenn, ici à Columbus, pour me ramener plus rapidement en Pennsylvanie.

— C'est quoi ce bordel ? cria chaque joueur des Railers, ainsi que les entraîneurs.

Je revins brusquement au jeu, mon regard se dirigeant vers le grand écran pendu au-dessus de la glace. J'assistai au ralenti de Stan qui avait été projeté à terre, alors que l'un des plus grands défenseurs de Columbus s'était écrasé au sol, jusque dans le filet. Il y avait un grand groupe de joueurs qui poussaient et bousculaient pendant que Stan luttait pour se relever. Stan se dirigea vers le juge de touche situé derrière le filet. Beaucoup de cris retentirent, la plupart en russe et dirigés vers l'homme en noir et blanc qui indiquait toujours que le but était accordé.

Stan retourna à sa cage de but et la poussa contre la balustrade. Notre banc était irrité. Notre capitaine, livide. Notre entraîneur principal contesta immédiatement le but en déclarant qu'il y avait eu interférence de la part du gardien de but. Quand la décision revint, déclarant qu'il n'y avait aucune ingérence, la situation devint un peu plus vigoureuse sur le banc des Railers. Les entraîneurs hurlaient après les arbitres, qui répondaient à leur tour aux entraîneurs, notre capitaine réprimanda un juge de touche et Stan perdit la tête. Je restai assis au milieu du chaos et regardai l'ours russe gigantesque sortir de son filet, sa grosse crosse se brisant alors qu'il frappa les montants de la cage.

Après ce petit fiasco, nous perdîmes notre élan. Columbus se reprit rapidement et fonça à nouveau devant Stan, ce but fut marqué alors que j'étais sur la glace. Pas une bonne chose. Nous poursuivîmes en prolongation, ce qui m'énerva à cause de cette histoire de jet en attente sur le tarmac. Tennant Rowe me prit à part avant que les cinq minutes supplémentaires à quatre contre quatre commencent.

— Nous devons y mettre un terme rapidement, déclara-t-il, tandis que nous nous reposions sur le banc pour une autre pause télévisée. Je vais essayer de t'envoyer le palet juste après la remise au jeu. Ne fais rien de stupide, d'accord ? Je sais que vous êtes connu pour effectuer de beaux coups, mais là, ils nous feraient perdre.

— Je ne le ferai que si cela s'avère nécessaire, assurai-je à mon centre.

Nous nous réunîmes sur la glace pour la remise en jeu. Tennant l'emporta en tapotant entre les jambes du centre de Columbus, puis en le contournant pour récupérer la rondelle. Il y avait beaucoup de place sur la glace, alors quand la passe impeccable de Ten près des bords de la patinoire se posa sur ma crosse, je décollai vers le centre de notre zone de but sans jamais regarder en arrière. Pas de trucs fantaisistes, juste moi face au gardien, un départ à gauche puis à droite, obligeant Steve à bouger en même temps que moi. Il se montra audacieux et avança trop loin, ce qui m'ouvrit un angle vers le filet, et j'envoyai le palet dedans.

Je me jetai contre la vitre près du but de Columbus lorsque la lumière rouge clignota. Mes anciens fans me firent un doigt d'honneur, alors qu'en même temps, mes nouveaux coéquipiers me sautaient dessus et frappaient mon casque. Battre mon ancienne équipe constituait un beau cadeau de Noël. Cependant, pas aussi bon que celui que j'espérais offrir à Layton lorsque je serais à la maison.

Le seul petit accroc à cette nuit parfaite fut quand Stan vint me voir avant l'arrivée de la presse afin de m'interroger sur les habitudes alimentaires de Layton. J'assurai au gardien de but qu'il allait bien et il s'éloigna, apaisé. Toutefois, cela me resta coincé dans la gorge. C'était quoi cette merde que Stan voulait demander à propos de Layton ? *Pourquoi* Stan s'intéressait-il même à Layton ? Avaient-ils couché ensemble ? Savait-il que Layton et moi sortions ensemble ? Comment ? Avaient-ils discuté de moi après avoir eu des relations sexuelles ? Pour se moquer de moi, déclarer que je n'étais qu'une déception…

Une pointe de jalousie brilla d'un vert hideux dans ma poitrine. Puis je repris mes esprits. Non. Layton et Stan n'avaient pas couché ensemble. Stan voulait juste se montrer attentionné. Ouais. C'était sûrement ça. Cela devait l'être, car s'il s'agissait de toute autre chose, je devrais me débarrasser de mon propre gardien de but, ce qui pourrait poser un léger problème avec l'esprit d'équipe et tout le reste.

Je me frayai un chemin dans les activités d'après-match, pris une douche, m'habillai et fonçai dans un taxi après un rapide échange de « joyeuses fêtes » avec l'équipe. Le Lear 45 XR se trouvait exactement là où il était supposé être. Une belle jeune femme employée par CKAL – la société de conseils en fusions et acquisitions de mon père – me salua chaleureusement avec un sourire et un cocktail. Être le « A » de CKAL avait ses avantages. Nous étions dans les airs en quelques secondes, moi avec un grand verre de bière importée à la main et une femme charmante avec qui parler. Tracy – c'était son nom – me servit un énorme plateau avec certaines des plus grosses crevettes que j'ai jamais vues et un grand bol de sauce cocktail. J'envoyai un texte cryptique à Layton tout en appréciant le festin posé devant moi.

Chez moi. Deux heures du matin. Amène ton appétit pour toutes sortes de choses délicieuses.

En un peu plus d'une heure, j'étais de retour à Harrisburg et rentrais chez moi. Apollo vint me saluer dans le salon.

— Que fais-tu là ? demandai-je, les mains pleines d'un grand plateau d'argent recouvert de gigantesques gambas.

— Je vis ici, tu te souviens ? répondit-il, alors qu'il passait devant moi, portant un tas de vêtements propres. Je prépare ton sac pour ton voyage.

— Mec, repris-je, le suivant dans ma chambre. Tu n'as pas à faire ça. Je peux me charger de mes propres bagages.

— Non, absolument pas.

Il déposa doucement des chemises et des pantalons dans la valise à roulettes en titane, ouverte sur mon lit. C'était un cadeau d'anniversaire de Karrie Anne. Elle l'avait envoyée d'Europe l'année dernière. Le cadeau était arrivé pour mon anniversaire, mais pas elle.

— J'ai également prévu qu'une voiture vienne vous chercher à l'aéroport et vous conduise, Monsieur Foxx et toi, chez sa mère à Alton Heights. Tu es libre de tout engagement pendant deux jours, seulement, tu dois être de retour pour un match, vendredi soir contre Philadelphie. J'ai également arrosé la plante et fais les poussières.

— Tu gères. Y a-t-il autre chose que je puisse faire pour toi ?

Il m'adressa un coup d'œil.

— Essaie de jouir dans ta main. Le nombre de mouchoirs sales dans le linge a triplé depuis que Monsieur Foxx et toi êtes devenus amis.

— Layton n'aime pas avaler.

Il roula des yeux.

— Inutile de me le dire. Toutefois, j'ai prévu une vingtaine de mouchoirs propres pour ton voyage.

Il referma la valise, la verrouilla et se tourna vers moi.

— Ad, fais-moi une faveur, d'accord ? Essaie de te maîtriser un peu.

— Je sais, tu m'as déjà dit de ne plus acheter de cadeaux.

Je passai le plateau de crevettes d'une main à l'autre.

— Oui, il y a cette partie, et puis j'ai remarqué à quel point tu aimes cet homme.

— Je n'ai jamais dit cela. Jamais. Pas une seule fois. L'ai-je fait ?

Je ne me souvenais pas d'avoir prononcé le fameux mot avec un « A » majuscule et le relier d'une manière quelconque à Layton.

— Tu n'as pas besoin. C'est écrit partout sur ton visage. Monsieur Foxx est gentil et très beau, cependant, il est profondément troublé. Ne laisse pas ton désir d'être aimé l'emporter sur ce qu'il peut te donner, d'accord ?

— Oui, bien sûr, d'accord. J'irai lentement. Je te le promets.

— Tu n'en penses pas un seul mot, je le sais.

Il soupira, se rapprocha de moi et déposa un baiser chaste sur mes lèvres. J'écartai le plateau de crevettes.

— Je vais y aller. Je veux rentrer à la maison, dormir et être capable de profiter de la messe du réveillon de Noël avec mes parents.

— Cool. Dis-leur que je leur souhaite les meilleures vacances de leur vie. Cela me semble bizarre de ne pas y aller avec toi cette année.

— C'est bien que tu aies quelqu'un d'autre dans ta vie maintenant. N'étouffe pas cet homme, d'accord ?

Il me tapota la joue, piqua une crevette sous la fine couche de plastique et s'éloigna.

J'entendis sonner à la porte. Mon corps réagit instantanément en sachant que c'était Layton qui se trouvait de l'autre côté. Il s'était écoulé plusieurs jours depuis la dernière fois que je l'avais vu. Quand je lui ouvris, il avait l'air si beau. Détendu, calme, souriant, habillé avec désinvolture.

— Tu m'as manqué, dis-je alors que son regard se posait sur moi puis sur le plateau de crevettes. Gourmandises pour plus tard. Entre. Puis-je t'embrasser ?

— Bien sûr, répondit-il, se glissant autour de moi.

Je me penchai en avant, volai un simple bécot, puis sautai en arrière quand Apollo revint vers nous, les bras chargés de sacs de voyage qui rebondissaient sur son dos.

— Bonjour, monsieur Foxx.

Il sourit à Layton, puis agita un doigt dans ma direction alors qu'il se dépêchait de passer.

— Toi, souviens-toi de ce que j'ai dit. Amusez-vous bien. Joyeux Noël, Ad, Monsieur Foxx.

— Pareil pour vous, lança Layton avant que je referme la porte sur mon meilleur ami. Il ne m'aime pas.

— Bien sûr que si.

— Il m'appelle Monsieur Foxx.

— Demande-lui de t'appeler Layton, alors.

— Est-ce ce qu'il attend ?

Layton sembla perplexe.

— Il est très protecteur, c'est tout. Inquiet à l'idée que je tombe trop vite amoureux de toi. Il semble penser que je ne peux pas me contrôler pour une raison quelconque.

— Ton absence de filtre pourrait avoir quelque chose à voir avec sa façon de penser, indiqua Layton.

Il retira le plateau de crevettes de mes mains.

— Pourquoi ne les mettrions-nous pas au frais ? Les fruits de mer chauds me rendent nerveux.

Je le suivis dans la cuisine. Il ouvrit le réfrigérateur et glissa le plateau sur une étagère.

— J'ai demandé au jet de nous attendre à Harrisburg International, l'informai-je. Je pensais que nous pourrions avoir un peu de sexe, manger quelques crevettes, faire une sieste, puis partir pour le Michigan."

— Attends, quoi ?

Il ferma le frigo et se tourna vers moi.

— Quel jet ?

— Celui dans lequel j'ai sauté pour rentrer à la maison plus tôt.

Je me rapprochai de lui, car je voulais vraiment le toucher tout de suite. Il croisa les bras sur sa poitrine, son pull gris foncé correspondait vraiment à ses yeux.

— C'est un Lear. Une des quinze compagnies de la flotte d'entreprises de CKAL. C'est cool. Je le fais tout le temps. Cole ne s'en souciera pas.

— J'ai déjà acheté mes billets d'avion. Ad, tu ne peux pas simplement changer mes plans à la dernière minute. J'ai tout réglé. Je t'ai même donné une copie de l'itinéraire.

— Je te rembourserai les billets d'avion. Tu t'inquiètes trop des détails.

Je m'approchai de lui et il se raidit visiblement. Peut-être était-il en colère à propos de la spontanéité de mes actes, à moins qu'il ne se sente sous pression. Je reculai de quelques pas. Il avait toujours l'air ébranlé, alors j'enfouis mes mains dans mes poches de devant.

— Layton, c'est un voyage chez toi. Pourquoi avons-nous besoin d'un itinéraire ?

— Parce qu'il faut garder les choses sous contrôle dans la vie ! aboya-t-il.

Je restai bouche bée devant lui. Ses yeux brillèrent, puis il détourna son regard.

— D'accord, ce n'était pas une bonne idée. Je suis désolé, Adler. Je veux juste… quand tu fais ce truc impromptu, ça me fait un peu peur.

— Un peu ?

Il soupira.

— Même plus que ça, avoua-t-il.

Je tendis la main pour toucher sa clavicule. Son pull trop large avait légèrement glissé de son épaule, et c'était là, cet os sexy caché sous sa peau tout à fait tentante. Il ne sursauta pas et ne devint pas plus anxieux. Il se tenait juste là, devant mon frigo, me permettant de lui caresser la clavicule.

— Je suis désolé d'être aussi indiscipliné, repris-je, ce qui lui tira un faible petit sourire.

Mon doigt remonta le long de son cou. Ses cils s'abaissèrent et sa tête s'inclina sur le côté alors qu'il exhalait longuement.

— J'aime ce que tu me fais éprouver. Puis-je te caresser un peu plus ? J'ai vraiment besoin de ça, Layton.

— Bien sûr… oui… s'il te plaît.

Je le dénudai, juste là, dans la cuisine, jetai ses vêtements sur l'îlot et les comptoirs. Il fondit contre moi, souple et nécessiteux, tout comme moi. Sa bouche était chaude, sa peau douce. Je le touchai, puis le léchai, tombant à genoux, goûtant sa queue et ses bourses, puis le persuadant doucement de se retourner, de se pencher sur le comptoir et de m'offrir son postérieur. Son acquiescement fut timide et lent, toutefois, il fit ce que je lui demandais et j'essayai de ne pas trop le forcer. Il pourrait toujours s'éloigner s'il le désirait. Bon sang ! Il était magnifique, étendu devant moi, faisant preuve d'une telle confiance. Mes mains tremblaient un peu alors que je massais ses fesses serrées. Il se tendit quand ma langue passa sur son ouverture, toute trace de tension disparut tandis que je lapais avidement son cul. Il tremblait et gémissait. Je mouillai un doigt et l'enfonçai en lui, prenant ses testicules dans ma bouche.

— J'ai besoin de plus, haleta-t-il.

Le frottement de sa peau émettait une sorte de grincement lorsque sa partie supérieure se tordait sur le comptoir. Je lui en donnai plus. Plus de succions, plus de caresses sur son point sensible, plus de tout ce que je pouvais lui accorder pour l'instant. Je voulais tellement le baiser. Comme ça. Avec lui ondulant des hanches, la peau collée au comptoir, moi derrière lui, tirant sur ses cheveux alors que je le prenais comme un homme possédé.

— Es-tu proche de l'orgasme ? demandai-je, entre deux longs coups de langue sur son cul.

Une sorte de gargarisme lui échappa, qui aurait pu aussi bien être un acquiescement. Je tendis une main entre ses jambes, trouvai sa queue et lui donnai plusieurs coups, m'assurant de tordre ma main sur le gland, à chaque fois. Il souffla bruyamment, roulant des hanches pour attirer plus profondément ma langue dans son canal.

— Ah, merde ! gémit-il alors que je le masturbais, son sperme recouvrant entièrement mes doigts.

Ses jambes s'affaissèrent légèrement, le comptoir soutenant l'essentiel de son poids. Mon propre orgasme était juste à une caresse de là, son sperme et le mien glissant et dégoulinant de ma main droite. Je lui mordillai les fesses, blottis mon nez contre elles, embrassai fermement chaque globe. Puis je me relevai et appuyai mes hanches contre son postérieur, mon sexe encore dur s'installant dans sa raie. Il inspira brusquement et son corps se contracta.

— Ce n'est pas grave, bébé, murmurai-je contre sa peau. Je veux juste te sentir sous moi. Rien de plus, je le jure.

— Ad… haleta-t-il. Je… Merde…

— C'est juste moi, Adler. Je ne te ferai pas de mal. Tu es en sécurité avec moi.

Il frissonna violemment. Je fis traîner mes doigts sur ses côtes. Je me penchai sur son dos, déposant des baisers le long de son épine dorsale et de ses épaules, jusqu'à atteindre sa nuque. Là, j'humidifiai les fins poils noirs avec de légers baisers. Il était étendu sous moi, doux et souple, sa respiration ralentissant, ses muscles tendus se relâchant.

— Tu es un homme magnifique. Fort, courageux, intelligent, murmurai-je à son oreille. Je t'adore.

Il inclina la tête sur le côté, ses yeux gris brillant toujours de passion. J'embrassai avidement son cou pour m'empêcher d'avouer ce qu'Apollo m'avait conseillé de ne pas révéler, même si je sentais que ces mots résonnaient dans ma poitrine. Peut-être que ce serait le bon moment de suggérer de manger des crevettes.

La limousine était un peu déplacée, alors qu'elle sillonnait le quartier de classe inférieure à classe moyenne dans lequel Layton avait grandi. Il semblait mal en point et énervé lorsque nous nous arrêtâmes chez sa mère. J'essayai de le sortir de l'endroit étrange où il s'était réfugié, mais il semblait résigné à rester à l'écart. Je le laissai tranquille, parce que mes nerfs étaient à fleur de peau. J'avais besoin que cette famille m'aime, parce que j'étais fou de leur fils.

La petite maison des Foxx à Alton Heights était pleine à craquer. Beaucoup de gens, ressemblant tous à Layton, essayaient de percer à travers ma chair pour voir à l'intérieur de moi. Je fis de mon mieux pour être le drôle et charmant Adler, le type que tout le monde aime parce qu'il est intelligent et décontracté. Celui qui, d'après Layton, avait besoin d'un filtre. Peut-être que je ne devrais pas être cet Adler. Peut-être que je devrais être un Adler moins turbulent. Je réprimai le besoin de raconter à la famille Foxx une blague vraiment amusante qu'Arvy m'avait transmise il y a quelques jours.

Je serrai la main d'un Zach, d'un Oscar, d'une Eden et d'un Jack. Ensuite, je souris et remerciai Madame Foxx de m'avoir laissé venir. J'aurais aimé avoir mes cadeaux à la main pour les leur donner, mais ils étaient déjà là, quelque part, selon les indications du service de livraison d'UPS. Sans doute que les regards méfiants s'atténueraient s'ils pouvaient ouvrir des cadeaux. Les enfants criaient et rebondissaient partout. Layton resta à mes côtés, mordillant sa lèvre inférieure, alors que nous nous dirigions vers le salon. J'étais tendu. Une réflexion stupide se trouvait sur le bout de ma langue.

Puis je vis l'arbre. Il était déséquilibré et il y avait un trou au milieu. Quelqu'un avait fourré une poupée de Père Noël en lambeaux dans le vide. Les guirlandes lumineuses n'étaient pas uniformément suspendues, les ornements étaient tous fabriqués à la main par des enfants et des petits-enfants, et l'ange avait une aile recourbée et une auréole tordue. Les présents glissés dessous n'étaient pas empilés pour attirer l'attention et comprenaient les miens. C'était un arbre avec fort peu d'allure et n'aurait jamais été autorisé à entrer dans l'une des maisons Lockhart. Je l'adorai instantanément et je courus vers lui, afin d'examiner tous les ornements de plus près.

— Sans blague ?

Je souris et enlevai un casse-noix en papier de l'une des branches. Un jeune Layton avait coloré, découpé et collé sur un rouleau de papier toilette vide. Son nom était griffonné sur le grand chapeau courbé. Je tins la décoration. Layton arborait un air pincé.

— D'accord, sérieusement, c'est adorable ! Quel âge avais-tu quand tu as fait ça ?

— Je ne sais pas. Six ou sept, peut-être, répondit Layton, sa grande famille tournant autour de nous comme des requins.

Madame Foxx s'installa à côté de Layton, de manière protectrice. Je comprenais leur réaction. Si ce que j'imaginais était bien arrivé à Layton, je serais tout aussi surprotecteur.

Je tournai lentement l'ornement entre mes doigts, l'admirant.

— Je me souviens d'avoir fait quelque chose comme ça en CP... c'était un renne. Nous en avions tous fabriqué un pour nos parents. J'ai pris toutes sortes de précautions sur le chemin de mon retour à la maison, m'assurant qu'il ne se plie pas, ni qu'il s'envole dans la limousine. Non, c'était en CE1. Oui, c'était l'année où Cole et Karrie Anne sont allés à Rome pour les vacances. Ouais. J'ai fini par le donner aux parents d'Apollo. Ils l'ont mis sur leur arbre, à côté de quelque chose que lui-même avait créé. Je ne pense pas qu'il ait jamais atteint l'arbre installé dans la grande entrée de la maison. Bah... Je suppose que ce n'était pas assez bien.

Layton posa une main sur mon avant-bras. Je le dévisageai, puis rougis. Je remis le casse-noisette en place. Quand je trouvai le courage de le regarder, ses prunelles contenaient toutes sortes d'émotions.

— C'était assez bon, Ad.

Il me pressa légèrement le bras.

— Le brunch est prêt, annonça Madame Foxx, ses yeux gris un peu plus chaleureux.

Le brunch fut constitué d'un grand saladier d'œufs brouillés, de minuscules saucisses pour le petit-déjeuner et d'une pile de pain grillé. La confiture était toujours dans des bocaux. Le beurre n'en était pas, mais de la margarine en tube, et les enfants s'assirent à la table avec les adultes, discutant sans arrêt. Le repas fut bâclé, bruyant et pas du tout raffiné. Putain, j'adorais ça ! Un des frères de Layton me posa des questions sur le hockey. Un autre m'interrogea sur mon enfance. Sa sœur s'enquit de mes relations passées. J'étais sur le point de lui répondre quand Layton me devança.

— Cela s'arrête maintenant ! aboya-t-il, puis il fit claquer sa fourchette sur la table.

Les enfants devinrent silencieux, tout comme les adultes. Je m'adossai à ma chaise, totalement choqué.

— Il est ici en tant que mon invité. Il n'est pas là en tant que suspect d'un crime. C'est l'homme avec qui je sors.

— Fiston, nous sommes juste inquiets pour toi, expliqua sa mère.

Layton lui adressa un regard noir, puis se leva.

— J'ai besoin d'air.

Il sortit de la pièce.

Je restai assis la bouche grande ouverte, avec une bouchée du petit-déjeuner accroché à ma fourchette fixant le siège désormais vide à côté de moi. Sensationnel. Quel était le problème entre Layton et sa mère ? Mon amant me dissimulait un paquet de secrets.

— Je… ah… je vais lui parler, lâchai-je alors que la porte d'entrée claquait.

Je glissai la saucisse dans ma bouche, quittai la salle à manger bondée, attrapai mon manteau et un brin de gui en plastique collé à une porte et me précipitai dans le froid glacial. Un petit flocon de neige dériva, puis un autre. J'aperçus Layton qui se dirigeait vers l'ouest, d'une démarche rapide. Je courus après lui. Il me jeta un regard noir quand je m'approchai de lui. Il avait l'air d'avoir froid dans son pull mince. Je passai mon manteau autour de ses épaules.

— Tu vas geler, déclara-t-il.

— Je suis un joueur de hockey. Le froid ne me tuera pas.

Nous martelâmes le pavé en silence pendant quelques minutes, jusqu'à ce que nous arrivions au bout du pâté de maisons. Je dansai autour de lui, me positionnant devant lui et bloquant son chemin. La neige s'entassait de part et d'autre du trottoir et je savais qu'il n'enjamberait pas dans les tas hauts de plusieurs dizaines de centimètres. Pas avec les mocassins brillants qu'il portait. J'agitai le gui au-dessus de sa tête sombre. Il jeta un regard tellement enflammé à la branche de verdure, qui aurait pu la brûler sur place. Je voulais poser des questions sur les expressions qu'il avait échangées avec sa mère, cependant, il avait besoin de se sentir suffisamment en sécurité avec moi pour m'en parler. Je supposai que nous n'en étions pas encore là, mais que nous y parviendrions un jour ou l'autre.

— Que fais-tu ?

— Je réclame un baiser de Noël. C'est la tradition.

Je remuai le bloc en plastique. Un vent glacial souffla dans la rue. Putain, il faisait froid !

— Adler, arrête de faire le con.

Il jeta un bref coup d'œil autour de moi.

— Maintenant, écarte-toi. Je dois me calmer.

— Euh… désolé, non. Je ne bougerai pas de là. Je ne pense pas que tu puisses m'y obliger, alors donne-moi juste mon baiser et nous rentrerons à la maison. Là où il fait chaud.

— Tu es un joueur de hockey. Tu n'as pas froid.

Il se blottit dans mon manteau, le sale petit merdeux sexy.

— Je pensais à toi, le contrai-je.

Un flocon atterrit sur sa tête. Il demeura brillant et parfait pendant une seconde, avant de fondre dans ses cheveux épais.

— N'importe quoi ! Adler, c'est stupide. Tu n'as même pas fait ton coming-out. Nous sommes au coin de Wisteria et de Crocus Lanes à midi, à la veille de Noël. Tout le monde est à la maison et nous regarde probablement par la fenêtre.

Il fit un signe de la main vers les maisons qui nous entouraient.

— Il n'y a pas moyen que tu m'embrasses ici, au coin de la rue, alors arrête avec ta merde de vacances insensée et bouge pour que je puisse me débarrasser d'une partie de ce…

Je l'embrassai. Juste au coin de Wisteria et Crocus Lanes à Alton Heights, Michigan. Et je veux dire, je l'embrassai vraiment. Mon bras passé autour de sa taille, je l'attirai brusquement à moi et je l'embrassai si fort et si longtemps qu'il ne devait y avoir plus aucun doute dans l'esprit de tous les habitants du Michigan qui nous espionnaient, leur prouvant que nous étions en couple.

Lorsque nous rompîmes le baiser, il recula d'un pas, les yeux enflammés et confus, les lèvres mouillées et roses suite à la pression de ma bouche sur la sienne.

— Je suppose que ça veut dire que j'ai fait mon coming-out à présent, déclarai-je, ma main tenant le gui retombant à mes côtés.

Je n'avais plus froid. Incroyable ce qu'embrasser l'homme que vous aimiez pouvait provoquer comme réaction sur votre thermostat interne.

— Es-tu sûr de cela ? demanda-t-il à bout de souffle,

ses paroles formant un petit nuage de vapeur devant son visage.

Je secouai la tête.

— Aurais-tu besoin que je t'embrasse encore pour le prouver ?

Je hissai le gui dans les airs.

Il secoua la tête. Puis acquiesça. Je recommençai donc. Et continuai à l'embrasser, sous cette boule en plastique avec des feuilles vertes et des baies blanches, chaque fois que je le pouvais, pendant tout le temps de notre séjour au Michigan. Madame Foxx me tendit la branche de gui lorsque nous repartîmes et me fit un câlin pour que je puisse continuer d'embrasser son fils lorsque nous serions de retour à Harrisburg. Je n'avais pas besoin de gui pour ça – je prévoyais d'embrasser Layton tous les jours pour le restant de mes jours s'il me laissait faire.

Chapitre Treize

Layton

J'ATTENDAIS ADLER, JE N'HÉSITAI DONC PAS À INVITER LA personne qui toqua à ma porte à entrer. Depuis notre retour du Michigan, il venait là tout le temps. Il passait, restait avec moi, m'embrassait, m'aimait et, petit à petit, il était parvenu à fendiller la coquille qui entourait mon cœur. Nous n'avions pas rendu public que nous étions en couple, ici, à la patinoire, mais si jamais je tournais au coin d'un couloir de l'aréna et qu'il se trouvait là, alors vous pouviez parier jusqu'à votre dernier dollar, qu'il m'embrasserait.

Je souriais alors que la porte s'ouvrait, or, ce n'était pas Adler qui se trouvait là avec cette foutue branche de gui à la main. Non, c'était Monsieur 69 lui-même, Dieter Lehmann, ailier gauche et dieu du sexe en personne si je me souvenais bien de notre première rencontre.

— Auriez-vous quelques minutes ? demanda-t-il, pénétrant dans la pièce comme s'il y avait un dragon à l'intérieur et qu'il ne voulait pas être repéré.

Ce n'était pas le Dieter auquel j'étais habitué, pas le patineur audacieux qui venait d'avoir vingt-cinq ans et qui devait faire un effort délibéré pour ne pas dire quelque chose qui était politiquement incorrect. Il aurait été plus facile de discuter des implications de ses paroles pour l'équipe et pour lui-même, sauf qu'il semblait aussitôt les oublier dès la porte franchie. Je n'étais pas tout à fait sûr qu'il m'écoute, j'avais souvent l'impression que son esprit était ailleurs. C'était un très bon joueur de hockey, ou du moins c'était ce que l'on m'avait rapporté, qui avait débuté dans des ligues du niveau le plus bas du hockey, la Ligue Américaine de Hockey, et faisait à présent partie de l'équipe qui entraînait de nouveaux talents pour les Railers. Il appartenait, sur ce que je savais à présent être, la quatrième ligne, et actuellement, il se remettait d'une blessure chez les Railers.

— Bien sûr, répondis-je.

Il entra dans mon bureau et referma la porte derrière lui.

— Merde, fut tout ce qu'il dit, ne bougeant pas de l'endroit où il se tenait, agrippant toujours la poignée, les jointures blanches.

Ce n'était pas bon signe – c'était même carrément mauvais – et j'eus soudain le sentiment horrible que ma journée déjà merdique allait s'aggraver.

— Asseyez-vous, proposai-je, désignant la chaise dans laquelle il se laissa tomber avec tellement de force qu'elle hurla et gémit de protestation. Est ce que ça va ? ajoutai-je, même si ce que je voulais vraiment dire était : « qu'as-tu encore fait ? »

— Je pense que les choses ne sont pas… bonnes.

Il se concentra si fort sur ces deux derniers mots que

son visage se plissa et qu'il fronça les sourcils. Subrepticement, je plaçai mon cahier devant moi et attrapai le stylo Montblanc que j'avais commencé à utiliser, à la grande joie d'Adler.

— Comment ça ?

— Elle ne le fait que parce que cet idiot de Ten et cet entraîneur stupide ont décidé d'étaler leur grand amour gay.

Mon dos se raidit quand Dieter leva les mains tout en parlant. Il était agité, le choc avait clairement cédé le pas à la colère. Peu importe. Aucun homme ne pouvait s'asseoir dans mon bureau et agir comme s'il avait le droit de débattre des choix de Ten et de Jared.

— Merde ! cria-t-il, se frottant les yeux.

Ils étaient très beaux. Je les avais remarqués lors de notre dernière rencontre, le vert et l'ambre étaient pour le moment insipides.

— Je ne voulais pas dire ça comme c'est sorti, se reprit-il, s'agitant dans le fauteuil.

Dieter n'était certainement pas le plus imposant de l'équipe, mais cette pauvre chaise était très sollicitée.

La porte s'ouvrit et Adler entra sans frapper, telle son habitude, lançant un joyeux « Hey, sexy ». Mon regard passa alternativement de Dieter à lui.

Les prunelles de Dieter s'écarquillèrent.

— Je serai disponible dans un instant, expliquai-je à Adler, qui recula immédiatement en s'excusant.

Une fois la porte fermée, je me tournai vers Dieter, qui me regarda droit dans les yeux.

— Vous et…

— Ouais.

— Cool.

On y était – des membres de l'équipe, autres qu'Adler et moi étaient à présent au courant pour nous. Nous procédions à tout petits pas, décidai-je.

— Alors, racontez-moi ce qui s'est passé.

Je devinai que l'interruption avait été une bonne chose, car Dieter semblait plus calme.

— Mon ex détient une vidéo et des photos, et elle pense que je vais la payer.

— Elle vous fait chanter.

Dieter acquiesça.

— Ouais, je crains que les photos sortent et que…

Il s'interrompit à nouveau, cherchant clairement les mots justes.

—… elles soient une cause d'embarras, termina-t-il.

— D'accord.

Je ravalai mon anxiété. C'était mon travail et je le faisais bien. Je gribouillai des notes sur mon carnet.

— Quel genre de photos ? Êtes-vous couvert, au lit ou sont-elles plus explicites ?

Il plissa le nez et regarda partout ailleurs, sauf moi.

— C'est moi… au lit, oui. Enfin, sur le lit en fait, pour commencer du moins. Ensuite, il y a une vidéo de moi en dehors du lit et euh… ouais.

— Il y a plus ?

— Eh bien, elle a fait une vidéo avec la troisième personne que nous avions au lit avec nous. Un gars.

Je levai les yeux de mes notes, cent questions tourbillonnant dans ma tête, ne sachant pas comment formuler ce que je pensais de Dieter à ce moment-là.

Il murmura dans sa barbe.

— J'étais avec le gars, d'accord ? Je comprends que

cela puisse compromettre ce que vous faites ici. J'en suis conscient et je suis désolé.

Oh. C'était intéressant.

— Vous vous identifiez en tant que bi, alors ? repris-je, faisant une note.

— Je reconnais que j'aime le sexe, sous toutes ses formes, seulement, je ne suis pas un drogué, ajouta-t-il avec une conviction absolue. Donc, elle ne peut pas m'accuser de ça, car elle en faisait partie aussi.

— Nous pouvons gérer cette situation, si jamais cela était rendu public, le rassurai-je.

Je ne savais pas comment j'allais y arriver, mais le défi était là et je me sentais calme et concentré.

— Je vais avoir besoin de toutes les informations que vous pourrez me fournir. D'accord ?

Dieter hocha la tête.

— Merci, lança-t-il en se levant. J'obtiendrai tout ce qu'il vous faut.

— Ne la payez pas ! l'avertis-je.

— Je ne le ferai pas à moins qu'il ne me reste plus d'autre choix.

Ce n'était pas tout à fait ce que je voulais entendre, toutefois, c'était un début. La dernière chose dont j'avais besoin était d'avoir à me battre contre un chantage accompagné d'un film montrant un trio.

Il se tenait toujours là.

— Y a-t-il autre chose ?

Il se laissa retomber dans le fauteuil et, cette fois, il se cacha la tête entre les mains. Qu'est-ce qui pourrait être pire qu'une sex tape ?

— Je suis accro, dit-il à travers ses doigts.

— Un drogué du sexe, repris-je, résumant ce que je pensais de notre conversation.

Je pourrais traiter avec cela, d'ailleurs il existait tout un tas de solutions que nous pouvions mettre en place.

— Non.

Il leva le visage et je fus surpris de voir que ses yeux brillaient, comme s'il essayait de ne pas pleurer.

— Médicaments contre la douleur.

Je restai ébahi, et je savais que je restais assis là à l'instar d'un idiot. J'avais vraiment besoin de me reprendre en main.

— Désirez-vous m'en parler ?

— Non, déclara Dieter, en toute honnêteté. Mais je suppose que je le dois. Personne ici n'est au courant, ce n'est pas de notoriété publique, je suis propre maintenant, j'ai travaillé dur pour rester comme ça, pour autant, vous deviez être au courant de ce qui pourrait éventuellement être révélé.

— Cette petite amie...

— Marianne.

— Est-elle au courant pour les médicaments ?

Il me regarda et semblait tellement perdu.

— Je ne sais pas.

Je pouvais m'occuper de ce problème.

— D'accord. Quoi qu'il arrive, nous pourrons faire face.

— Vraiment ?

Il s'éclaircit, à croire que je venais de lui offrir un million de dollars.

— Vous devez cependant me parler, continuez à m'informer, me dire comment vous allez.

— D'accord.

Il se leva et tendit une main que je serrai à nouveau.

— Je vous remercie.

Je verrouillai mon bureau après le départ de Dieter, retrouvant Adler à notre point de rendez-vous habituel. Nous nous embrassâmes rapidement, puis je pris sa main et le tournai afin qu'il se trouve face à moi.

— La direction m'a proposé un poste à plein temps. J'aimerais l'accepter.

Je voulais ajouter une question, telle que « qu'en penses-tu ? » Voire même demander son approbation, telle qu'« es-tu d'accord ? » Je n'en eus pas besoin quand ses lèvres se recourbèrent, formant un sourire qui fit étinceler ses yeux.

— C'est une excellente nouvelle, déclara-t-il.

Puis il m'embrassa, me poussant dans l'ombre du couloir. N'importe qui pouvait nous apercevoir, néanmoins, je m'en fichais. J'avais un nouveau but ici, j'avais Adler et je me sentais bien.

Comme si rien venant de mon passé ne pouvait me toucher.

Le Nouvel An de Stan ne ressemblait à rien de ce que j'avais pu voir auparavant. Apparemment, cette fête constituait un événement majeur en Russie et il ouvrit sa grande maison à tous les membres de l'équipe. Je n'étais pas le meilleur des invités lors de soirées, n'en étais jamais la vie et l'âme, et je finissais généralement dans la cuisine. Soyons honnêtes, s'il n'y avait eu que moi, je me serais excusé.

Toutefois, j'étais avec Adler, qui voulait danser, se

mêler aux autres et plaisanter, et il me traînait partout avec lui. La soirée était réservée aux membres de l'équipe et, même si un certain nombre d'entre eux fixaient nos mains jointes, personne ne nous fit de réflexion.

Jusqu'à l'arrivée de Mikhail.

C'était un ami de Stan, de l'époque où ils jouaient à la LKH en Russie, et un Flyer, ce qui signifiait apparemment qu'il était ouvert à toutes les injures et les sarcasmes péjoratifs. Rien ne semblait le contrarier, car il en renvoyait autant qu'il en recevait. C'était un homme grand, beaucoup plus que la moyenne de gens présents dans la pièce, voire même plus qu'un joueur de basket si on me demandait mon avis, et c'est à ce moment-là que mes problèmes ont commencé.

Il était bruyant également, possédait ce rire qui ressemblait à un coup de tonnerre, que je trouvais juste un peu trop fort. Il se trouvait dans la cuisine lorsque je réussis à m'esquiver du chaos qui régnait dans la pièce principale. Au début, je pensai faire demi-tour et repartir.

— Hello, lança-t-il, dans un russe moins accentué que ce que je pouvais attendre de Stan.

Stan faisait de gros efforts avec son anglais, mais il avait relevé des phrases relativement affreuses qu'il utilisait à n'importe quel moment. J'avais essayé de lui faire comprendre que celles qu'il ressortait à tout bout de champ n'étaient pas tout à fait appropriées, cependant, il se contentait de me sourire, le grand idiot.

— Hey, fis-je, ouvrant l'immense réfrigérateur à la recherche d'une boisson.

Je n'avais pas vraiment bu d'alcool — ce qui était toujours trop pour un maniaque du contrôle comme moi.

Ce qui expliquait pourquoi je m'étais endormi après trois gorgées de lait de poule le jour de Noël.

Je fermai la porte, sursautant lorsque je surpris Mikhail juste là, me souriant.

— Seigneur ! jurai-je, avant de reculer en vacillant.

Il leva la main pour s'excuser.

— Ma faute.

— C'est bon, dis-je.

— Quand viendras-tu trier chez les Flyers ? demanda-t-il

— Trier ?

— Je pense que tout le monde sur Railers est gay, annonça-t-il.

Je me hérissai un peu. Ce n'était pas vrai, il y avait juste moi, Adler, Ten, ainsi que Jared et Dieter qui étaient bi.

— Nous avons un homme gay dans équipe. Il a peur, ajouta Mikhail. Il aime ami.

Il fit un pas en avant alors même que je reculais, jusqu'à ce que je ne puisse plus bouger, mon cul plaqué contre un placard. Avec le recul, je réalisai que Mikhail n'essayait pas de m'intimider, ni de me menacer, ni de faire quoi que ce soit pour déclencher l'une des millions de raisons qui provoquaient une sensation d'oppression dans ma poitrine. Pour le moment, mon dos était rivé au mur, je me retrouvais coincé dans un coin de la pièce et je n'aimais vraiment pas du tout cette sensation.

— Je vais vous donner mon numéro, indiquai-je.

Je m'écartai légèrement, essayant de trouver un moyen afin de passer devant le grand Russe et d'atteindre la porte menant à la fête. Il croisa les bras sur sa poitrine et resta immobile.

Bon, était-ce une habitude russe ? De rester là figé, en ayant l'air maussade et sombre ?

— Excusez-moi, dis-je, la bouche sèche.

Toute cette situation était stupide.

— Je dois aller retrouver Adler.

— Lockhart ? Je l'aime bien, déclara Mikhail. Rapide sur glace. Je me sens mal je frappai lui sur la vitre à notre dernier match, mais sens bien je attrapé lui.

Il sourit comme s'il avait fait une blague, ce qui était probablement le cas, toutefois cela ressemblait un peu à du réchauffé.

— Uh-huh, lâchai-je.

Je me redressai quand la porte s'ouvrit et qu'Adler entra, semblant se promener comme il l'avait fait tout le temps du monde. Il s'arrêta net dans son élan près de la porte et nous regarda tous les deux – le grand Russe imposant et son petit ami beaucoup plus petit qui ressemblait probablement à un lapin pris au piège.

Il se retrouva à mes côtés en un instant, s'immisçant négligemment entre Mikhail et moi, me tenant la main.

— Petrov, espèce de connard, dit-il avec un sourire dans la voix, tendant son poing pour cogner le sien.

— Lockhart, répondit Mikhail, l'imitant. Tu dois encore passer moi.

— Stan a sorti la vodka, indiqua Adler.

Le visage de Mikhail s'éclaira. En une fraction de seconde, il ne resta plus que nous deux dans cette immense cuisine qui me semblait bien trop petite.

— Allez, viens, fit Adler.

Il me tira par la main et traversa une buanderie qui avait une autre porte donnant sur le hall d'entrée. De là, il me conduisit vers l'étage, puis sembla réfléchir à la pièce dont il avait besoin.

— Je ne ferai rien, dis-je, écartant sa main. Nous ne nous masturberons pas chez Stan.

Il me lança un regard qui disait que j'étais un idiot et ouvrit une porte d'un geste théâtral. Dès que nous entrâmes, il nous enferma et se dirigea vers les larges portes-fenêtres qu'il laissa suffisamment entrouvertes pour permettre à l'air hivernal de se glisser à l'intérieur. J'inspirai avidement une bouffée et acceptai la couverture qu'Adler me tendait. Il l'avait prise sur le lit et elle était aussi épaisse qu'une couette.

— Je suis resté ici une nuit avant un match, quand Apollo était absent. J'avais besoin de compagnie. Que penses-tu de cette pièce ?

La question était purement rhétorique, mais je hochai la tête et lui souris. J'étais tendu et détestais me sentir comme ça.

— Par ici, dit-il, m'entraînant vers le petit patio, prenant sa propre couverture.

La nuit était d'un noir d'encre, et il n'y avait pas de vue en tant que telle, seulement une masse d'arbres qui dissimulait cette belle maison de la route. L'air était clair et froid, et j'avais besoin d'un espace ouvert. Nous nous assîmes sur des chaises longues, collées les unes aux autres et il rapprocha encore la sienne pour que nous puissions nous appuyer l'un sur l'autre.

En silence, nous restâmes ainsi un très long moment, jusqu'à ce que ma peur s'estompe et qu'il ne reste plus qu'un sentiment de paix absolue.

Adler avait cet effet-là sur moi.

Et juste à ce moment-là, je compris que j'étais tombé amoureux.

Il devait donc tout savoir. Ce n'était pas juste que ce qui se passait entre nous se poursuive alors que je gardais tous ces secrets en moi.

Je me raclai la gorge.

— Quand j'avais dix-sept ans, je sortais avec ce garçon de l'équipe de football... il s'appelait Oliver. C'était une vedette – un sportif, tu sais... Il n'avait pas fait son coming-out, pourtant, il ne cessait pas de me regarder et a vu quelque chose qu'il voulait. Je me suis senti flatté. J'étais un nerd typique – doué en maths, déterminé à être le premier de mes frères et sœurs à aller à l'université. Je suis tombé rapidement amoureux d'Olly, et dans ma tête, ce n'était que petits cœurs et fleurs bleues.

Adler dégaina une main de sous sa couverture et la tendit, trouva la mienne dans les plis de mon plaid et la tint fermement. Un bref coup de froid fut un baume bienvenu sur ma peau surchauffée.

— Je suis là, murmura-t-il.

Il n'avait pas besoin de dire quoi que ce soit. Il se trouvait à mes côtés, et il était aussi profondément enfoui dans mon cœur, où parfois, j'imaginais que j'aimerais le garder pour toujours.

— Il faisait partie des harceleurs auxquels je devais faire face quotidiennement, pourtant, j'ignorais cette partie, car il m'adressait ces sourires secrets, comme s'il ne cherchait pas à me faire mal.

— Merde.

— Les choses ont rapidement mal tourné. Une rumeur s'est répandue, laissant sous-entendre qu'il n'aimait pas les filles autant qu'il voulait bien le faire croire – tu sais que les sportifs sont sous pression à l'école, n'est-ce pas ?

— Oui, mais pourquoi ai-je le sentiment que tu cherches à trouver des excuses à ce gars-là, Olly ?

Je lui serrai la main.

— Pas du tout. Ce n'était pas sa faute. Enfin… pas vraiment. Par contre, ce que ses amis ont fait… c'était toute autre chose. J'étais à une fête, ils ont versé une sorte de drogue dans mon verre. Je me suis réveillé nu, sur le bord d'une route. Je ne me souviens pas de ce qui s'est passé. Je suis rentré chez moi.

Une histoire si simple pour ce qui avait été une marche plus que dangereuse le long d'une autoroute menant à ma maison.

Je m'arrêtai, parce que cela n'avait pas été aussi simple. Lorsque je m'étais réveillé, j'étais couvert de sang, provenant de diverses coupures, il y avait suffisamment de preuves que j'avais été violé y compris des photos de moi sur mon téléphone, qu'ils avaient laissé près de moi. Je ne les avais vues que trois jours après l'incident, quand j'avais enfin chargé le téléphone. Elles n'avaient pas été prises de manière à montrer qui m'avait blessé, juste qu'il n'y avait pas eu qu'une seule personne.

— S'il te plaît... intervint Adler, sa voix rendue épaisse par l'émotion.

Me demandait-il de continuer ou d'arrêter ? Je ne savais pas. Alors, je poursuivis, parce que j'avais commencé maintenant, et qu'il fallait que cela sorte.

— Mon frère m'a trouvé dans la cour devant la maison, il m'a emmené à l'intérieur et je ne me souviens pas des événements qui ont suivi. Les flics sont venus, ont pris ma déposition, des échantillons. Un médecin a été appelé, j'étais déchiré, et le plus honteux dans tout cela… j'étais une sorte de morceau de viande que tout le monde voulait tester ou creuser.

Je ne pouvais plus continuer pendant une seconde, et lançai un regard de côté en direction d'Adler, me demandant ce que je verrais.

Une angoisse nue, à l'état pur, et des yeux brillants de larmes. J'avais provoqué ce sentiment intense et je me sentais tellement désolé de ce que je lui faisais subir, mais il devait tout savoir avant que nous puissions aller plus loin.

— Que s'est-il passé ? demanda-t-il, la voix brisée.

— Il n'y avait pas assez de preuves pour accuser qui que ce soit. Je n'avais pas de souvenirs suffisamment précis. Il y avait des traces de rohypnol dans mon sang, et j'avais dépassé mon seuil de tolérance à l'alcool, bien que je ne me rappelle pas avoir beaucoup bu. Les flics ont essayé – il y avait tout de même des photos, toutefois, rien d'utile. Quand ils ont finalement trouvé quelqu'un, un ami d'Oliver, il a tout nié et a été acquitté. J'ai fini par étudier à la maison, puis, je suis parti pour l'université et je n'y retourne que pour les vacances.

— Seigneur, Layton…

— Alors, voilà. Tu sais tout maintenant. Je me fige quand tu me touches parfois, tu l'as sans doute remarqué, et je sais que cela déclenche une réaction inconsciente, suite à ce qui m'est arrivé. J'ai consulté des spécialistes, j'ai travaillé dessus et je savais qu'un jour je trouverais un homme qui me donnerait envie de guérir totalement.

Je me retournai pour le regarder à nouveau.

— Je t'aime, Adler.

J'attendais une réponse – quelques mots pour me

rassurer ou des raisons pour lesquelles il ne pouvait pas m'aimer. À quel point étais-je foutu pour ne pas pouvoir imaginer quoi que ce soit entre ces deux extrêmes ?

Je pense qu'il comprit que j'avais besoin de mots, pourtant, il semblait ne pas savoir quoi dire, alors il se pencha et m'embrassa. Puis, doucement, rien de plus qu'un murmure sur mes lèvres, il chuchota les mots que j'avais besoin d'entendre.

— Je t'aime aussi.

Ces simples mots promettaient tout : compréhension, soutien, amour.

Et c'était suffisant.

Chapitre Quatorze

Adler

BEAUCOUP DE GENS DISAIENT TOUT UN TAS DE CHOSES SUR Adler Lockhart, la plupart n'étaient pas bonnes et à juste titre. Je savais que je pouvais me comporter comme un véritable crétin parfois. Les mots avaient tendance à m'échapper avant que je réfléchisse à ce qu'ils étaient ou à l'impact qu'ils pourraient avoir sur quelqu'un. Et d'autre fois… une fois tous les trente-six du mois… je sortais la bonne phrase au bon moment. Le fait que je reconnaisse devant Layton que je l'aimais aussi, oui, c'était l'une d'entre elles. Notez-le bien, les gars. Cela ne se produira probablement pas très souvent. Et sans vouloir me vanter, ce que je fis après cet instant intense fut également incroyable.

Je ramenai Layton chez lui, parce que nous avions besoin de nous rouler dans l'idée moelleuse que nous étions amoureux l'un de l'autre. J'aimais Apollo, mais le fait de savoir qu'il se trouverait dans les parages pendant que j'essaierais de faire l'amour à mon homme n'était pas franchement propice à la romance. Et ce soir, j'allais faire tout ce que je pouvais pour me montrer romantique. Layton était silencieux, vulnérable et je fis de mon mieux pour tenir mon setter intérieur en laisse. Alors que je voulais lui sauter dessus, le plaquer à terre et lui lécher le visage pendant environ huit heures, cela ne lui conviendrait pas. Il avait besoin d'un amant plus calme ce soir, que son amoureux le caresse et murmure des mots doux. Il avait besoin que son amant l'adore. Et c'était ce que j'avais prévu de faire, aussi longtemps qu'il me le permettrait.

Nous venions de retirer nos manteaux lorsque je me dirigeai vers sa chaîne stéréo. Je sortis le dernier CD du lecteur, l'un des miens, et le remplaçai par un des siens. Quand je me retournai, un de ses beaux sourcils noirs était arqué.

— Je pensais que nous allions flirter un peu, déclara-t-il.

Je hochai la tête, puis tendis la main derrière moi pour baisser un peu le volume.

— C'est le cas. Je vais te montrer à quel point je t'aime.

Je fis passer ma chemise par-dessus ma tête et la laissai tomber au sol.

— Ainsi, tu peux donc avoir des relations sexuelles sans ce CD de ballades des années 80 qui fait trembler les vitres ? Bon à savoir.

Un sourire moqueur souleva un coin de sa bouche.

— Eh bien, ce ne sera pas la même chose que si cela venait de Cinderella, mais je vais y arriver.

Je lançai « Radioactive » d'Imagine Dragons qui sortit

des haut-parleurs. Il avait gravé ce CD l'autre soir, alors que je lisais une vieille autobiographie de Mario Lemieux.

— Viens ici.

Il avança lentement vers moi, sans hésiter, ce qui était super. Il me faisait confiance. Rien ne m'avait jamais fait sentir plus important que cela. Être riche ou un athlète raisonnablement célèbre ne s'en approchait même pas. Savoir que cet homme avait foi en moi et m'aimait ? Bordel, cela me faisait briller de l'intérieur. Lorsque je l'atteignis, j'espérais qu'il percevrait tout l'amour que je ressentais pour lui, irradier de ma personne. Peut-être que s'il ne pouvait pas le voir, il pourrait au moins le ressentir. Je l'enveloppai doucement dans mes bras, nichant mon nez contre son long cou alors qu'il s'installait dans mes bras.

— Tu es tellement parfait, ici, Layton, murmurai-je, au-dessus de sa jugulaire.

Il se rapprocha davantage, désireux de presser son érection contre mes hanches. Un léger gémissement s'échappa de mes lèvres. Mes mains effleurèrent ses côtes, puis dansèrent dans le bas de son dos, s'installant sur son postérieur ferme. Autant que je voulais le plaquer contre moi ou le jeter sur le canapé, je ne fis rien de tout cela. Je ne voulais pas discerner la moindre trace de cette peur qui le parcourait parfois.

Sa réponse fut de faire courir ses mains sur ma poitrine. Ses doigts parcouraient mes pectoraux. Je soutenais simplement ses fesses sans les empoigner, sans pression, lui permettant de toucher et de se retourner s'il le souhaitait. Ses mains allaient partout, alors que nous nous tenions là, dans son salon, nous balançant toujours aussi doucement sur « Bird Set Free » de Sia, qui s'infiltra dans ma conscience, me faisant comprendre que les paroles représentaient parfaitement cet homme qui appuyait sur ma mâchoire, tandis qu'il se lovait dans mes bras.

— Allons au lit, murmura-t-il, avec une morsure au cou, qui me rendit à la fois faible et dévergondé.

Il me guida et je le suivis, mes doigts entrelacés aux siens. Sa chambre parfaitement ordonnée m'était familière à présent. J'y avais passé beaucoup de temps récemment, à m'y rouler, me masturber, chuchoter sous les couvertures avec lui. Layton se tourna et m'attira vers lui. Il ouvrit mon pantalon, le fit glisser le long de mes jambes et m'aida à le retirer. Il tira sur mon slip, le passant sous mon érection, puis le descendit jusqu'à mes chevilles, me gardant en équilibre alors que je soulevais un pied à la fois, puis retira chaque chaussette, son regard balayant mon corps, le touchant partout.

— Ça va jusqu'à présent ? demandai-je.

Il me prit dans sa main. Mon sexe sursauta à son contact.

— Allons au lit, répéta-t-il, la voix enrouée.

Il me poussa vers le large lit, tenant toujours mon membre, ses yeux désormais verrouillés sur les miens. Nous tombâmes sur la couette bleu argenté. J'écartai les bras et laissai Layton faire ce qu'il voulait de moi. J'étais à lui et je voulais qu'il soit fort, désireux et pleinement impliqué dans cet instant entre nous. Il rampa sur moi, tout habillé et abaissa sa bouche. Puis il commença à me taquiner de cette manière que lui seul connaissait. C'était tentant au-delà de toute mesure. Il passa sa langue à plusieurs reprises sur les contours de ma bouche, jusqu'à ce que je gémisse. Ensuite, il m'embrassa passionnément, les poings serrés de part et d'autre de ma tête, son sexe frottant le mien à un rythme soutenu, à la limite de la torture.

— Putain de merde ! haletai-je, quand il rompit le baiser et se mit à érafler mon cou de ses dents.

De tendres petites morsures qui m'obligeaient à me tortiller et à siffler. Il mordilla un mamelon puis l'autre, aspira un peu la peau de mon ventre entre ses belles dents blanches et la téta, puis revint dans ma bouche. Il recommença plusieurs fois.

— Layton… Seigneur...

— Ça va ? demanda-t-il, entre deux morsures le long de ma hanche.

Mon sexe reposait près de sa joue. Tout ce qu'il avait à faire était de tourner la tête pour le prendre dans sa bouche. Mon bassin se souleva, alors que j'essayais de le convaincre de le faire.

— Et toi ?

C'était primordial.

— Oui, j'aime beaucoup. Je t'aime.

Ses yeux en étain croisèrent les miens. Je me penchai sur le lit, tandis que je combattais mon envie de le mettre sur le dos et de le pénétrer. Cela pourrait très bien ne jamais se produire, et j'étais cool avec ça. Plus que ça même. Pourtant, la pulsion instinctive de m'enfouir au plus profond de la personne que j'aimais remuait sans cesse dans mon crâne.

— Je t'aime aussi.

Il sortit du lit et se déshabilla. Je regardai, les doigts plongés dans son couvre-lit, mon cœur battant très fort contre mes côtes et mon sexe prêt pour tout ce qu'il voulait en faire. Une fois nu, il demeura au bord du lit et me contempla, le bout de son membre, humide de liquide pré-éjaculatoire.

— Peux-tu te retourner ?

Il fit un mouvement circulaire avec son doigt.

J'obéis si vite que c'était étonnant que des étincelles ne jaillissent pas de mon cul alors qu'il glissait sur sa couette. Il posa un genou à côté de mon oreille. Son sexe rebondit sur mon nez. J'essayai de lui accorder un coup de langue rapide, mais il demeurait hors de portée.

— Oh merde, Layton, c'est... je ne peux pas dire à quel point cette situation est excitante, dis-je alors qu'il s'installait au-dessus de moi, sa bouche gobant mon sexe, tandis que son membre caressait ma joue.

— Ah, bordel, gémis-je, sentant sa bouche chaude et humide m'entourer.

Je tournai la tête et suçai la pointe de son érection. Son corps trembla et il laissa échapper une respiration tremblante autour de ma queue. Il aspira rudement, me faisant atteindre le bord du gouffre en un rien de temps. Je devais lui faire atteindre ce niveau très vite, parce que cela devait finir par nous deux atteignant l'orgasme en même temps. Je passai mon index sur le liquide qui recouvrait son gland, puis l'enfonçai dans son ouverture, juste à la première phalange.

Il marmonna quelque chose, mais comme sa bouche était pleine, ce qu'il dit était difficile à comprendre. Peu importe. Je savais qu'il aimait ce qui se passait, car il s'empala sur mon doigt et fit pivoter ses hanches. Quelques effleurements de sa prostate, et il arriva au même stade que moi. Il recula quand mon cul se souleva du lit et me termina à la main. J'attrapai une fesse toute douce et l'attirai vers moi, m'étouffant un peu quand il sursauta et pompa pendant son orgasme.

— Ah… ah… oh, putain… haleta Layton, continuant de me caresser, réclamant jusqu'à la dernière goutte, avant de s'arrêter.

Je passai un bon moment à nettoyer son sexe avec ma langue avant qu'il passe une jambe au-dessus de ma tête et s'allonge sur le lit. Je restai étendu là une seconde, puis relevai la tête et le regardai. Ses yeux étaient fermés, son menton et sa poitrine inondés de sperme. Il avait l'air parfaitement heureux.

— C'est la meilleure Nouvelle Année de ma vie.

Je rampai sur le lit. Il ouvrit un œil pour voir ce que je faisais.

— Tu le penses sincèrement ? demandai-je avant de m'asseoir à côté de lui et de passer un doigt sur quelques gouttes de sperme qui séchaient déjà sur sa poitrine.

— J'en suis sûr.

Cela me rendit incroyablement heureux.

— Je suis fou amoureux de toi, Layton.

Il a jeté ses bras autour de mon cou et m'embrassa avec une passion sauvage.

— Tu dois être effectivement fou pour être amoureux de moi. Je suis une véritable catastrophe ambulante, Ad.

— C'est une bonne chose que nous travaillions pour les Railers, alors. As-tu compris ce que je cherchais à faire là ? Les Railers, les trains et… désolé. Vraiment désolé, mon filtre à mauvaises blagues a glissé…

Il cligna des yeux devant la stupidité de mon commentaire. Puis il éclata de rire et c'était le son le plus beau que j'ai jamais entendu. Enfin, juste après celui où il m'avouait qu'il m'aimait, bien entendu.

Lorsque je me réveillai, le lendemain matin, Layton était collé à mon dos, son bras reposant sur ma hanche, une jambe glissée entre les miennes. C'était tellement agréable que je me reposai simplement pendant quelques minutes, appréciant son poids appuyé contre moi, ainsi que l'odeur de sexe et d'homme qui remplissait la chambre. L'alarme de mon téléphone se déclencha. Jurant entre mes dents, je me libérai de son étreinte, trouvai mon portable dans la poche de mon pantalon et l'éteignis.

— Peut-être en juin, marmonna Layton.

Je ricanai, jetai les couvertures sur son corps tentant et sautai sous la douche.

J'avais entraînement dans environ deux heures et un match ce soir. Puis, direction Boston pour jouer contre Brady Rowe et ses grands méchants compagnons. Tennant était totalement excité. Après le match contre Boston, nous devions aller à Pittsburgh pour disputer un premier match et, si nous remportions deux victoires d'affilée, nous aurions alors à jouer à Harrisburg la nuit suivante, à nouveau contre Pittsburgh. Sachant que je serais absent une bonne partie de la semaine, je tenais à m'assurer que ce matin soit vraiment spécial, afin de correspondre à la nuit dernière.

Je décidai de cuisiner.

Cela ne pouvait pas être si difficile, non ? Je veux dire… il suffit de mettre les œufs dans une poêle et de jeter du pain dans le grille-pain. Et voila ! Petit-déjeuner. Ce n'était pas comme si je faisais quelque chose d'extraordinaire comme Apollo en préparait tout le temps. Je m'agitai, car le temps était la clef. Il me fallait rentrer à la maison, attraper un costume et l'emporter à la patinoire. Je devrais peut-être laisser des vêtements ici. J'y réfléchis en déposant une noisette de beurre dans une poêle trouvée dans le lave-vaisselle. Juste quelques costumes et des tenues plus décontractés. J'étais ici à peu près tout le temps et devoir rentrer chez moi pour chercher des sous-vêtements propres était pénible. J'y penserai pendant que je serai sur la route.

Le beurre dans la poêle grésilla.

— Cool, murmurai-je, avant de prendre mon téléphone pour écouter de la musique.

Je me sentais parfaitement bien, donc pas de merde douce ou triste. Rick Astley résonna et tout était pour le mieux dans le meilleur des mondes. Je dansai dans la cuisine alors que Rick s'engageait à ne jamais abandonner sa copine. Déposant quatre tranches dans le grille-pain, je chantai avec lui, car je ressentais la même chose. Je ne ferai jamais pleurer Layton, ni ne lui mentirai, ni ne lui dirai au revoir.

— Le beurre crame ! cria Layton, par-dessus Rick.

Je m'éloignai du grille-pain. Il agita sa tête échevelée devant la cuisinière. J'arrêtai de danser et souris.

— Tu es superbe ce matin, lui dis-je.

Un sourire timide apparut sur sa bouche. Ne portant qu'un pantalon de pyjama qui tombait bas sur ses hanches minces, il représentait l'incarnation parfaite d'une sexualité débordante et déchaînée. Et pardonnez-moi, mais cette fine ligne de poils noirs qui descendait sous sa ceinture était le spectacle le plus érotique que je n'avais jamais vu. Je devais la lécher.

— Merci. Le beurre brûle toujours.

Je jetai un coup d'œil à la poêle. De la fumée s'en élevait.

— Et ce n'est pas bon signe ?

Layton roula ses yeux gris de façon théâtrale, puis se dirigea vers le poêle et éteignit la flamme. Robert Palmer commença à chanter. Je me dirigeai vers l'homme qui se tenait près de la gazinière, l'embrassai sur la nuque, puis fis glisser mes bras autour de lui.

— Je suis totalement accro à ton amour, ronronnai-je à son oreille alors qu'il craquait quelques œufs dans le beurre noir.

Les mains sur ses hanches, je le poussai d'avant en arrière sur un rythme régulier. Il rit encore, puis se mit à bouger tout seul. Ma vie ne pourrait pas être meilleure.

— Ma mère écoute ce type de musique, déclara-t-il en brouillant nos œufs.

— Tu aimes ça et tu le sais. Il suffit de regarder ton dos onduler.

Je me penchai sur son épaule, à l'endroit où elle rejoignait son cou.

— C'est de ta faute !

Je retirai mes mains de son bassin et son cul continua à se tortiller.

— Merde ! Tu m'as infecté avec Rick Astley.

— L'amour des années 80 est très présent dans cette chanson, gloussai-je à côté de son oreille.

Il se retourna dans mes bras, ses yeux clairs et enjoués. Il m'embrassa longuement et passionnément. Je l'attirai contre moi alors que sa langue glissait et s'enroulait autour de la mienne.

— L'amour d'Adler Lockhart est très fort dans celui-ci, murmura-t-il quand le baiser prit fin.

— Tu m'as littéralement tué mille fois là. Mon Dieu, je t'adore !

Je couvris sa bouche de la mienne jusqu'à ce que le détecteur de fumée se déclenche.

Nous sortîmes prendre un petit-déjeuner finalement, en nous tenant par les mains. À une table où tout le monde pouvait nous voir. C'était mon idée, de même que les deux assiettes remplies de toasts et d'œufs légèrement brûlés. Manger était difficile. Je continuais à me perdre dans ses prunelles d'étain et ses sourires tendres de l'autre côté de la table.

— Je t'aime, répétai-je alors qu'il beurrait sa pile de pain grillé. Je t'aime et je veux faire mon coming-out.

Il posa son couteau et sa fourchette près de son assiette et me jeta un rapide coup d'œil.

— Ad, en es-tu sûr ? C'est une énorme décision.

— J'en suis certain. Je veux dire au monde que je t'aime. Je veux sortir avec toi en public, te tenir la main et te remplir le ventre de pain grillé.

— Tu peux, sans avoir à faire de déclaration publique.

Notre serveur revint avec plus de café. Il remplit nos tasses sans que nous détournions notre regard.

— Tu ne souhaites pas que je sorte de mon placard ? Es-tu inquiet de l'impact que cela pourrait avoir sur toi ? Cela te fait-il paniquer ? Je ne ferai rien si cela risque de te rappeler de mauvais souvenirs, ajoutai-je après le départ du serveur.

— Adler, ce n'est pas ça. Tout ce que tu souhaiteras faire me conviendra. Je veux que tu sois « out » seulement si c'est ce dont *tu* as envie, et je pense que tu pourrais te laisser submerger par les sentiments que nous éprouvons l'un pour l'autre en ce moment.

Son regard se dirigea vers un couple de personnes âgées qui passait devant notre table. La pâtisserie se remplissait.

— Tu as tendance à faire cela.

— Pas du tout, argumentai-je.

Il me lança un regard dur.

— D'accord, je laisse peut-être mes émotions prendre le dessus parfois, mais ce n'est pas le cas en ce moment.

Ah, voilà ce petit sourire. Il était si joli.

— Pourquoi ne pas prendre cette semaine pour y penser ? Ne sois pas trop pressé.

— Je ne fais jamais des choses hâtives et je vais te le prouver. Arrête cette grimace !

— Adler, ta photo se trouve à côté du mot « impulsif » dans le dictionnaire.

— Non, absolument pas !

D'accord, ça l'était totalement, pour autant, je refusais de reculer à ce sujet.

— Je vais y réfléchir quand je serai sur la route avec l'équipe. Lorsque je reviendrai, je ressentirai toujours la même chose.

— Ta décision me paraît juste. Maintenant, avale ton petit-déjeuner.

Il agita sa fourchette devant moi, comme si la discussion était close.

— Nous devons nous rendre à l'aréna dans trente minutes ou tu seras en retard pour l'entraînement du matin.

— Je ne suis pas si impulsif que ça, marmonnai-je, découpant ma pile de toasts.

Layton lâcha quelque chose dans sa barbe, à son tour, qui contenait les mots « setter » et « impétueux » dedans. Le reste fut perdu parce que j'optai pour ne pas l'écouter.

Je lui montrerais. Attends un peu… Je serais Monsieur Pas Impulsif. Je pouvais y arriver pendant une semaine.

———

Je fis irruption dans le bureau de Layton dès notre retour de Pittsburgh. Ses prunelles grises brillaient de plaisir quand il leva les yeux et me vit occuper tout l'espace de son bureau.

— Hey, bébé, regarde ça !

J'enlevai ma veste, déboutonnai ma chemise, ôtai ma cravate et écartai ma chemise de mon épaule pour lui montrer le tatouage que je m'étais fait faire à Boston.

— C'est un Pokémon parce que j'ai rejoint le groupe des Railers, dresseurs de Pokémons.

J'agitai mon épaule afin de l'amener à dire quelque chose et pour faire danser l'Arcanin.

— Euh… lâcha-t-il, puis il posa son stylo – celui que je lui avais offert – sur son sous-main. Depuis quand joues-tu à Pokémon ?

— Eh bien, pas encore, mais je ne vais pas tarder. Et tous les autres membres du groupe ont des tatouages et ils ont déclaré que si je voulais en faire partie, je devais en avoir un aussi. Mignon, non ?

Il lutta pour dissimuler un sourire.

— Voyons voir si j'ai bien tout compris. Tu as ce tatouage, fait sur un coup de tête, parce que quelqu'un a indiqué que tu le devais, alors même que tu n'as jamais joué à ce jeu de toute ta vie ?

Je relevai ma chemise pour couvrir la créature jaune qui se tenait en haut de mon biceps gauche.

— À peu près.

— Et tu maintiens toujours que tu n'es pas impulsif du tout ?

Je rangeai ma cravate dans la poche avant de mon pantalon.

— Quand tu le dis comme ça, cela semble un peu téméraire.

Son rire explosa. J'adorais le rendre heureux. Si un tatouage avait cet effet-là, mon corps serait couvert d'encre, de l'anus jusqu'aux oreilles d'ici un an.

— Tes impulsions instantanées m'ont manqué, ainsi que tes moments Adlerness.

Je fermai la porte avec mon cul. Le sourire impertinent ne quitta jamais ses lèvres. Une bouche avait tellement besoin d'être embrassée. Par moi.

— Tu devrais en avoir un qui corresponde au mien. Oh, quelle bonne idée ! Nous affichons tous les deux un Arcanin sur nos bras, puis nous paraderons en ville, montrant nos biceps. Quand les gens le remarqueront, ils additionneront deux et deux, et nous voilà « out » !

— Tout d'abord, je n'ai absolument pas l'intention de me faire tatouer. Tu peux donc oublier cette idée. Deuxièmement, nous sommes fin janvier en Pennsylvanie. Ton chat nouvellement encré serait gelé.

— Je ne pense pas que ce soit un chat. Je ne suis pas sûr de ce que c'est. Je crois que c'est un chien.

Je jetai un coup d'œil au tatouage sous ma chemise.

— Il est mignon, cependant. Et je ne suis pas Tennant Rowe. Je peux supporter le froid. Puis-je t'embrasser ici, dans ton bureau, ou n'est-ce pas professionnel ?

— Je pense que toi et moi avons laissé tomber le côté professionnel dans la poussière depuis un moment.

Je m'appuyai contre la porte fermée, me laissai

descendre de quelques centimètres et j'attendis. Mon homme se leva de son siège derrière son bureau, le contourna lentement et se colla enfin contre ma poitrine, passant ses mains dans mes cheveux.

— Tu es tellement roux.

— Tu m'as tellement manqué.

Ses doigts bougèrent doucement sur mon cuir chevelu.

— Toi aussi.

Il m'embrassa de manière vraiment peu professionnelle, mais incroyablement excitante.

Chapitre Quinze

Layton

JE COMMENÇAIS À REDOUTER LES MESSAGES QUE JE LUS lorsque j'entrai dans mon bureau, en dépit du fait que gérer cette merde faisait partie de mon travail. Des messages apparaissaient sur Twitter à peu près toutes les heures, et certains des commentaires sur les Railers étaient tout simplement désagréables. Toutefois, rien que je n'aie pas déjà vu auparavant, mais tout de même, je ne pouvais pas m'empêcher de penser que ces piques étaient personnellement dirigées contre moi. Ce matin, toutefois, je n'eus même pas besoin de me rendre à l'aréna pour voir tout le vitriol qui était jeté dans notre direction.

J'avais déjà géré ce genre de problème, néanmoins, c'était avant que cela ne s'ajoute à ma peur très réelle d'avoir à révéler que je côtoyais Adler, et de courir le risque que cela parte dans tous les sens. Je m'étais occupé de situations où la haine était aussi banale, sans que jamais cela ne me touche de manière si viscérale et personnelle.

Et je ne pensais pas être en mesure d'y parvenir. En fait, il n'y avait pas besoin de réfléchir à ce sujet. Je savais que je ne le supporterais pas. Ce que les Railers faisaient là, c'était un million de pas en avant afin de prôner l'égalité dans le milieu du sport professionnel, toutefois, au niveau personnel, les Railers seraient-ils ceux qui auraient à payer pour l'ultime sacrifice ? Pourraient-ils survivre ? Jared et Ten s'en sortiraient-ils ?

Bordel ! Adler en serait-il blessé ?

Et pourquoi diable, me sentais-je aussi mélodramatique ce matin ?

Je repérai le groupe qui se tenait à l'extérieur de la barrière de sécurité, où se trouvaient des hommes en uniforme de l'équipe de sécurité, et quelques joueurs. Je reconnus immédiatement Arvy et Stan. Il y avait du tapage, des bousculades et des pressions et je me dirigeai vers eux, prêt au moins à essayer de faire une partie de mon travail, même s'il s'agissait d'un problème de hockey.

Je trottinai vers eux et compris alors ce que je voyais. Stan retenait Arvy, deux gardes de la sécurité se chamaillaient et formaient un mur de brique entre eux et un troisième garde de la sécurité.

Arvy hurlait.

— Il se trouvait là ! S'il soutient qu'il n'a rien vu...

Stan tira Arvy un peu plus en arrière et je me glissai entre eux et les agents de sécurité. Je fixai immédiatement Bill, le même homme que je voyais en uniforme chaque matin, celui dont les enfants étaient à l'université, celui à qui je disais toujours bonjour. Il paraissait pâle.

— Quel est le problème ? demandai-je, levant une main pour empêcher Arvy de parler alors qu'il laissait échapper un juron bien senti.

Je me tournai pour lui faire face.

— Entrez ! déclarai-je sèchement. Photos !

J'agitai une main derrière eux, là où parfois, se trouvaient des groupes de gens qui attendaient le passage des joueurs, prenaient des photos et obtenaient des autographes. Il n'y en avait que deux ce matin, quelques autres plus loin, et aucun ne semblait pointer son portable dans notre direction.

Arvy comprit et se libéra de la poigne de Stan, contourna le garde de la sécurité et heurta délibérément le nouveau vigile dans le dos, qui recula et s'écarta. Stan le suivit, s'arrêtant pour parler au garde à voix basse. Ce qu'il lui dit, je ne pus l'entendre, toutefois ce fut suffisant pour que le jeune homme se redresse de toute sa hauteur et acquiesce.

Amusant comme Stan, celui possédant le moins de maîtrise de l'anglais dans l'équipe, avait toujours les meilleurs conseils à donner.

— Expliquez-moi, exigeai-je à nouveau.

Les deux gardes se tenaient devant moi, Bill et un autre que je ne connaissais pas, peut-être un du service de nuit, se dévisagèrent. Puis, avec un soupir, Bill fit un pas de côté et je le vis.

Le slogan anti-gay le moins original de tous les temps : « des tapettes jouent ici ».

Je soupirai et jetai un coup d'œil au troisième garde, qui semblait prêt à perdre ses moyens, du style « tomber à genoux sur le sol et se mettre à pleurer ».

— Faites-le enlever, indiquai-je. Demandez à un gars de la maintenance de venir ici.

— Je m'en occupe, lança Bill, avant de se diriger vers le petit bureau de la sécurité.

Je retirai ma veste, le froid mordant de cette heure matinale de Pennsylvanie ne suffisant pas à m'en dissuader. Je cachai le graffiti et restai là, mais j'avais besoin de quelque chose – n'importe quoi – pour la maintenir en place.

— Tiens, dit Adler d'une voix douce, se penchant vers moi avec un rouleau de ruban adhésif.

Il scotcha la veste et nous nous arrêtâmes pour y jeter un coup d'œil critique. Nous pouvions toujours discerner le « i » de « ici », mais après tout, il pouvait s'agir de n'importe quel mot. Adler me passa son manteau, et j'ouvris la bouche pour refuser, jusqu'à ce qu'il arque un sourcil et cela me rappela ce qu'il avait déclaré à propos du froid. De plus, si je faisais des histoires, alors quelqu'un pourrait ajouter quelque chose, comme quoi ils savaient qu'Adler m'embrassait, qu'il couchait avec moi et que nous utilisions nos deux voitures juste dans le but de nous couvrir. Brusquement, je n'eus aucune envie que cela devienne un problème alors que nous nous retrouvions déjà dans une situation merdique.

— Comment est-ce arrivé ? repris-je, m'adressant au nouveau gars, qui ne pouvait pas vraiment me fixer droit dans les yeux.

— Je n'ai rien vu, déclara-t-il et je le dévisageai suffisamment longtemps pour qu'il me regarde enfin.

Puis, il baissa la tête.

— Je suis désolé. J'avais besoin d'aller aux toilettes et Ed effectuait des rondes.

Un type de la maintenance arriva en quelques minutes et cela me fit penser qu'il y avait de la peinture en réserve pour des cas comme celui-ci. Était-ce arrivé avant que Ten fasse son coming-out ?

Je fermai brièvement les yeux, tandis que mon portable vibrait et j'aperçus le nom de Cote sur l'écran. Le propriétaire ne pouvait pas déjà avoir entendu parler de cette histoire, n'est-ce pas ?

— Foxx ? Vous occupez-vous de cela ?

Je hochai la tête, puis réalisai ce que je venais de faire.

— Oui, monsieur, répondis-je.

Il raccrocha sans même poser la moindre question.

Nous réussissions si bien, gérant la haine, organisant des évènements communautaires afin de mieux faire connaître les Railers, et la veille, j'aurais pu entrer dans la patinoire, certain que les joueurs réussiraient à s'en sortir.

Et maintenant, ce matin, j'étais secoué.

Au moment où j'arrivai à mon bureau, je n'étais plus qu'une boule d'inquiétude, et me sentais malade alors que je démarrais mon ordinateur, attendant l'arrivée des notifications.

Ironiquement, la nuit dernière avait été relativement silencieuse sur le net. Il y avait eu quelques nouveaux mèmes sur Ten et Jared – rien que je ne pouvais pas gérer en tweetant une infographie que l'équipe de marketing m'avait donnée au sujet des récents succès de notre équipe à l'extérieur. J'avais une photo qui comparait les statistiques de Ten avec celles de ses frères. Toutefois, si je l'utilisais, alors tout ce que je ferais serait d'attirer l'attention sur les équipes de ses frères, et la direction de chacune d'elles était déjà suffisamment nerveuse au sujet de ce qui se passait chez les Railers, et se demandait encore à quel point elles pouvaient en être affectées avant même que je commence à travailler correctement avec elles.

Comme lors d'un match de la semaine dernière, quand

un gamin assis derrière le banc avait réussi à lancer une tasse de café tiède sur Jared, le trempant au niveau de son épaule.

Ce qui avait été filmé par une équipe de télévision, où l'incident avait été rejoué en boucle, et où tout avait été résumé au fait que c'était lié au *problème des gays*. Comment pouvais-je même commencer à dire que les caméras avaient également capturé des insultes homosexuelles ?

Et le gamin n'était vraiment qu'un gamin. Pas plus de treize ans, défié par sa mère de passer à l'acte, qui plus était.

Je me frottai les yeux et tirai un bloc-notes vers moi, notant mes tâches d'aujourd'hui. Tout d'abord, je devais réfléchir avant de faire une déclaration concernant tout ce qui s'était passé. Quand j'eus fini, j'avais l'impression que nous avions tout de même gagné. La communauté se dressait derrière nous, la plupart des fans l'acceptaient, seules quelques personnes avaient annulé leurs abonnements pour le reste de la saison depuis la conférence de presse, et le lourd afflux initial de courriers emplis de haine avait fait place à quelques lettres parmi d'autres, plus réfléchies et des critiques plus saines. La tonne de réactions au coming-out de Ten avait subtilement changé, en particulier après qu'il ait marqué deux buts contre Pittsburgh pour une victoire emphatique.

Le match de ce soir se déroulait à domicile et je ne connaissais pas grand-chose de l'équipe à laquelle nous faisions face, seulement qu'ils étaient des rivaux, ce qui voulait dire que les fans s'enflammeraient dans leurs duels verbaux et tiendraient des pancartes, certaines d'entre elles probablement conçues pour mettre notre équipe sur la défensive.

J'écrivis quelques notes sur ce qu'il fallait dire à l'entraîneur Benning et j'allai le chercher, le localisant dans son bureau avec sa politique de la porte ouverte et son mur rempli de photos de joueurs, d'équipes dont certaines avec la Coupe Stanley qui, je le savais, signifiait beaucoup pour les joueurs de hockey. Benning était un ancien gardien de but et je m'étais attendu à ce qu'il se montre le plus réticent durant tout ce processus, toutefois il s'était avéré étonnamment affable.

Je toquai sur le chambranle.

— Puis-je vous parler ?

Il me fit signe d'entrer.

— Voulez-vous fermer la porte ?

Je ne pensais pas qu'il me le demandait avec sincérité – il semblait résigné – toutefois, je la fermai et m'appuyai dessus.

— Certains tweets et posts parlent du match de ce soir et je tenais à vous assurer que la direction prend très au sérieux toute menace émise envers la sécurité des joueurs.

Je m'interrompis, car cela ressemblait beaucoup à un discours sur le management, et je les méprisais. De plus, l'entraîneur Benning secouait la tête.

— Occupez-vous de la sécurité, j'empêcherai mes joueurs de tuer qui que ce soit s'ils s'énervent.

C'était exactement ce que je voulais entendre. J'avais besoin de savoir que les joueurs étaient en sécurité et qu'ils avaient pris mes conseils à cœur. Seul l'entraîneur serait capable de les peindre suffisamment en noir ou en blanc pour que l'équipe réagisse comme elle le devait.

Ne pas répondre aux injures qui leur étaient lancées. Ne pas se mettre en colère.

Lorsque je quittai son bureau, laissant la porte ouverte, je repartis délibérément vers mon petit bureau, histoire de ne pas risquer de rencontrer de joueurs. Je n'étais pas prêt à les regarder dans les yeux et à leur dire de se détendre et de ne pas s'inquiéter.

Parce que je leur dirais alors le contraire de ce que je ressentais.

Quand j'arrivai à destination, j'avais signalé le dernier lot de tweets menaçants aux autorités, qui se contentèrent de les enregistrer parce que c'était tout ce qu'elles pouvaient faire.

Puis, je m'enfermai et m'occupai de problèmes que je pouvais gérer : les liens entre notre équipe et celle de Boston et la présence de deux équipes canadiennes. Des choses que je pouvais contrôler.

Et je ne m'inquiétai pas de ce qui pourrait se passer ce soir, ni de savoir si Ten avait une cible peinte sur le dos.

Mais avant tout, je devais oublier Adler et son affirmation naïve selon laquelle il était heureux de faire son coming-out devant tout le monde, comme si ce n'était pas la chose la plus difficile à accomplir pour un athlète professionnel. Il avait dit qu'il me faisait confiance pour changer les perceptions des gens, une équipe à la fois. J'aurais aimé me sentir aussi positif.

Je regardais les échauffements depuis les loges réservées à la presse, plus distrait par la foule que par les joueurs. Les couleurs de l'équipe adverse étaient vives, et je ne repérai aucune affiche de leur part ni de celles des supporters locaux lorsque la caméra se tourna vers la foule. Tout semblait calme, il n'y avait que deux groupes de fans, l'un plus grand que l'autre, présents pour assister à un match de hockey.

Ce soir était la nuit des Railers. La bataille n'a pas été facile, cependant, la victoire, après des tirs au but, avait été dure, et j'en savais assez sur le hockey maintenant pour avoir le sentiment que nous avions bien joué. À part quelques chants, qui étaient davantage dirigés vers le pauvre Stan que vers le reste de l'équipe, la foule était de bonne humeur.

L'équipe adverse quitta la glace et les Railers frappaient la tête de Stan et le serraient dans leurs bras. Stan mit un peu plus de temps pour sortir de la glace, mais il devait faire ces caresses compliquées qu'il infligeait à son filet, ce qu'Adler avait expliqué comme une façon pour Stan de le remercier pour son aide. Il était le dernier sur la glace, avançant lentement vers le banc, son casque relevé sur sa tête. Il avait fait gicler de l'eau sur son visage et souriait. Je vis Ten l'attendre près du tunnel, et l'étreindre. Il y avait des mouvements rapides là où ils se tenaient, pour autant, j'étais habitué à voir les gestes alambiqués qu'ils échangeaient en guise de poignée de main, et qui impliquaient bien trop de coups sur les fesses pour être totalement hétéro. Je souriais à cette pensée, alors même que la salle de presse devenait mortellement silencieuse. Stan était sur la glace, Ten se penchait vers lui et la sécurité se trouvait dans le tunnel.

Je ne réfléchis pas, je me mis à courir.

Je n'avais jamais vu autant de sang sur la glace. Adler était près de moi, toujours en uniforme, m'assurant que les blessures à la tête saignaient comme une putain de fontaine et que ce n'était probablement qu'une coupure.

Ten avait lancé une rondelle à un gosse dans les gradins près du tunnel et son père l'avait jetée avec colère. Stan, avec ses réflexes de gardien, s'était immiscé entre le palet et Ten, le palet le percuta très fort et Stan heurta la glace avec fracas.

Tellement de sang, ajouté au fait que les infirmiers avaient dégagé Stan de la glace sur une civière.

La sécurité éloigna le père et l'enfant qui pleurait de la foule restante, et des joueurs, qui voulaient se venger de ceux qui avaient blessé leur gardien. Je n'avais jamais perçu le besoin de « protéger le gardien » aussi vivement que dans les vestiaires de patineurs en colère. Je restai au fond de la salle. Qu'allais-je dire ? Qu'aurais-je pu faire ? Ce pauvre gosse, qui n'avait pas plus de sept ou huit ans, avait entendu son père vomir sa haine et avait été témoin de la violence que cela avait engendrée.

Ten était silencieux, Jared assis à côté de lui, leurs genoux imbriqués les uns dans les autres. Ten était pâle et Jared semblait prêt à tuer quelqu'un. Tout ce à quoi je pouvais penser, c'était que j'avais perdu le contrôle de la situation. Les mots n'allaient pas arrêter la haine.

À quoi avait pensé l'équipe lorsqu'elle m'avait engagé pour résoudre ce problème ? Tout ce que je voulais faire, c'était remettre tout le monde dans le placard et de me cacher là, avec eux, où c'était sûr.

La porte s'ouvrit et Stan entra, son visage meurtri et enflé, des points de suture sur son arcade sourcilière.

— Vais bien, annonça-t-il, agitant les mains devant son visage.

Tous l'entourèrent. Il partait consulter un spécialiste,

mais cela ne l'empêcherait pas de fêter les tirs au but en premier.

Le pire ne se déroula pas quand Ten le serra contre lui, ce fut ce que Jared fit, le remerciant d'une voix brisée.

Je ne rentrai pas directement à la maison, conduisant sans but et pensant à ce qui pouvait et ne pouvait pas être fait à présent. J'avais passé quelques heures à contrôler les dégâts et étais fier des fans qui avaient créé un groupe de soutien pour Stan, puis pour Ten et Jared. La plupart d'entre eux étaient horrifiés, et lorsque les joueurs d'autres équipes avaient commencé à retweeter des appels afin de réclamer une amélioration concernant la sécurité des joueurs, il semblerait que quelque chose de positif soit sorti après l'acte héroïque de Stan, couvert de sang, lorsqu'il avait pris une rondelle en plein visage pour Ten.

Quand j'arrivai enfin chez moi, je savais qu'Adler serait là. Il ne possédait pas la clef de mon domicile, c'était un détail sur lequel j'avais travaillé, lorsque j'avais encore l'espoir que je faisais la bonne chose. À présent ? Eh bien, merde, je n'étais plus aussi sûr.

Adler s'écarta du mur lorsque je déverrouillai ma porte et me suivit à l'intérieur. Il m'étreignit par-derrière quand la porte fut fermée et, l'espace de quelques secondes, je le laissai faire. Il apaisa cette partie de moi qui se serait éloignée. Je lui faisais confiance pour me tenir et ne pas me faire mal. Mais cela devait s'arrêter.

— J'en ai fini avec ça, déclarai-je, lui tournant le dos, encore dans ses bras.

Son étreinte se resserra momentanément, puis il me retourna avec prudence, afin que je me retrouve face à lui.

— Layton ?

Il semblait perplexe, pourtant, il y avait toujours l'esquisse d'un sourire qui recourbait ses lèvres.

Je me tortillai contre lui, mon corps trahissant ma pensée logique selon laquelle Adler ne devrait pas être là et qu'il devait partir immédiatement. Déterminé, je reculai, et sa main retomba alors qu'il me tenait encore légèrement par le bras.

— Qu'est-ce qui ne va pas ? demanda-t-il.

— Notre gardien aurait pu être sérieusement blessé. J'ai laissé le doute s'insinuer en moi et j'ai mal évalué l'humeur de la foule.

Adler secoua la tête. Son sourire s'était quelque peu estompé, cependant il arborait l'air d'un homme qui ne percevait pas le mauvais côté de tout cela.

— Ce n'était qu'une seule personne, insista-t-il.

Il se rapprocha de moi, toutefois, je fis quelques pas en arrière, me réfugiant dans la cuisine, afin que le comptoir se dresse entre nous. Je n'étais pas effrayé par Adler. J'étais terrifié à l'idée de m'effondrer et de revenir dans l'état dans lequel je m'étais retrouvé après mon viol, s'il me touchait. Il devait rester en sécurité, du moins un peu plus longtemps. Attendre jusqu'à ce qu'avoir un joueur de hockey « out » soit la norme, et non pas, un fait qui devait être remis en question et examiné. Je ferais quand même mon travail, néanmoins, je refusais d'être responsable du fait qu'Adler abaisse ses barrières. Il était un joueur de hockey professionnel qui détenait son secret depuis longtemps. Pourquoi tout gâcher juste pour être avec moi ?

Je n'avais même pas décidé si j'allais rester ici.

Ce n'était qu'une histoire à court terme.

Du sexe. C'était tout.

Je me le répétai à plusieurs reprises jusqu'à ce que je croie presque en ces mots.

— Je dois me concentrer sur cela, dis-je faiblement. Et m'assurer de changer le récit de cette situation.

Je me rendis compte que je divaguais, toutefois, Adler écoutait et ne se rapprocha pas. Il glissa ses mains dans ses poches et attendit patiemment que je termine.

— Je ne suis pas prêt à accepter que tu sois blessé, finis-je.

— Je suis assez vieux pour en décider moi-même, rétorqua Adler d'un ton prudent. Et je t'aime.

Je le regardai l'homme dont j'étais tombé amoureux, droit dans les yeux, et je compris que j'avais besoin d'espace pour reprendre mes esprits. S'il faisait son coming-out, les gens ne comprendraient pas.

— Je t'aime aussi, répondis-je.

Il était inutile de mentir.

— Mais je ne serai pas tenu pour responsable de... j'ai du travail à faire... j'ai besoin de toi...

Je m'interrompis parce que mon raisonnement était confus, désordonné et mauvais.

— Personne ne me fera de mal, assura-t-il, et je pensais vraiment qu'il y croyait.

— Ils m'ont traité de tous les noms, m'ont maudit, craché dessus, m'ont réduit à un sac de viande qu'ils pouvaient baiser et m'ont laissé nu sur le bord d'une route, Adler.

Je compris sur le champ que j'avais merdé. Je ne lui avais pas avoué qu'il y avait eu plus d'un type qui m'avait blessé, qu'il s'agissait de tout un groupe ivre, drogué et empli de haine.

— Ils... chuchota-t-il. Layton...

— J'ai juste besoin d'un peu de calme afin de réfléchir à tout cela, repris-je, la pointe de désespoir perceptible dans ma voix.

Et, comme le meilleur homme au monde qu'il était, le petit ami le plus attentionné et le plus gentil qui soit, la plus douce des âmes, il acquiesça et partit en silence.

— Je t'aime, souviens-toi de ça.

J'essayai.

Chapitre Seize

Adler

IL PENSAIT QUE JE PARTIRAIS. JE SUPPOSE QUE JE L'AVAIS
fait, en quelque sorte. Je n'étais plus dans son espace ni
près de lui, je me tenais dans le hall, regardant fixement la
porte de son appartement, voulant que celle-ci s'ouvre et
révèle un Layton qui me rappelait. Peut-être qu'il
changerait d'avis et qu'il désirait de nouveau me voir.
Après trente minutes et aucune porte ouverte, je me
résignai à accepter qu'il n'était pas prêt pour moi pour
l'instant... voire peut-être jamais. Encore une fois, je
n'étais pas assez bien.

Et cette peur, cette colère, cette impuissance, ces
regrets et cette douleur se mirent tous à se fondre dans ma
poitrine. Je voulais faire quelque chose pour lui, pourtant il
n'y avait rien que je puisse accomplir. Je voulais remonter
dans le temps et retrouver les connards qui avaient
maltraité mon homme et l'avaient battu comme plâtre. Je
voulais donner des coups de poing et faire des trous dans

les murs de ce joli couloir, mais je ne pouvais pas. Alors, je quittai son immeuble et conduisis autour de Harrisburg jusqu'à ce que je tombe en panne d'essence. Puis je me mis à marcher. Par le plus grand des hasards, je me retrouvai près du Capitole. Il n'était pas encore ouvert. Je m'assis du côté ouest des grandes marches menant à l'impressionnant bâtiment blanc. La glace ornant l'escalier me refroidissait le cul. Je me relevai au bout d'un moment, enfouis mes mains dans les poches et continuai à marcher.

Je finis près de la rivière Susquehanna. Il y avait de gros morceaux de glace le long des rives. Mon souffle formait de la buée devant moi. Je me sentais creux à l'intérieur. Creux et en colère. En colère contre ce fan stupide, haineux et homophobe qui avait refusé de laisser son fils recevoir une rondelle de la part d'un joueur gay, après la presse, mes parents et moi-même. En quelque sorte, mon amour n'avait pas suffi à Layton. Je n'avais pas été assez fort pour devenir son petit ami. Probablement parce que j'avais caché le fait que *j'étais* son petit ami. Je ne serais jamais assez bon…

Ainsi, la rage et le dégoût de soi alimentèrent la confusion et la peur, et ils quadruplèrent. Ils étaient tellement imposants ce soir, que c'était tout ce qui restait d'Adler Lockhart. Je n'étais plus qu'un simple patineur, une boule de nerf qui se trouvait au le bord de la folie. Il suffirait juste d'un commentaire ou d'un coup de pouce. J'eus droit aux deux, dix minutes après le début du match avec Philadelphia. Ce coup de pouce providentiel provint de Gabriel Marsan, un défenseur de Philly, connu pour être un de ces joueurs qui aime pousser les autres. Il avait rarement commis l'erreur de dépasser les limites, mais s'il pouvait instiguer une faute et en tirer une pénalité, il le ferait. Il était doué pour les deux – déclencher des pénalités et attiser un nid de frelons avec sa crosse.

Le premier tir oblique dans le coin, je l'ignorai, bien que le dos de ma main soit meurtri par le coup. Les deuxième et troisième, je l'avertis. Il sourit et me demanda si j'avais besoin que ma mère vienne embrasser mon bobo. Peut-être était-ce la cadence de son fort accent canadien-français, à moins que ce ne soit son visage ou le numéro de son maillot. Peut-être était-ce le fait que l'homme que j'aimais avait déclaré qu'il avait besoin de temps loin de moi. Il s'agissait probablement de la dernière option, parce que Gabe et moi n'avions jamais eu de problèmes auparavant. D'habitude, je riais de ses tentatives pour me faire réagir de manière stupide. Ce soir... eh bien, ce soir j'étais perdu dans cette colère.

Nous nous retrouvâmes derrière notre filet lors d'une petite mêlée. Notre gardien de réserve, Jens Hedlund, avait fait dévier la rondelle vers les rebords et celle-ci s'était retrouvée derrière son but. Gabe et moi arrivâmes sur le palet en même temps. La poussée habituelle d'épaule contre épaule se produisit. Nous étions tous les deux après la rondelle. C'était tout bon. Il réussit à la faire passer entre mes patins et Tennant – qui avait toujours l'air hanté et affaibli par la blessure de son meilleur ami Stan – l'intercepta et se dirigea vers l'autre extrémité de la patinoire. La crosse de Gabe finit entre mes jambes, dans ce qui aurait dû être appelé un petit détour. Je m'effondrai et pris le grand D-Man avec moi. La chance me fit atterrir sur lui. Les officiels avaient suivi la rondelle, du moins le pensais-je.

— Lâche-moi, à moins que tu ne veuilles un baiser, Lockhart, grogna Gabe, puis il m'adressa un clin d'œil.

Normalement, j'aurais peut-être embrassé sa visière, histoire de m'amuser. Ce soir, je pris ce clin d'œil comme une signification de quelque chose qui, après réflexion avec un cœur clair et heureux, n'en était pas une. Le casque de Gabe finit par tomber entre mes mains et j'entrepris de faire rebondir son melon sur la glace à plusieurs reprises. Il a levé sa crosse et me frappa le menton. Le sang se mit à couler. Les sifflets ont retenti. Des hommes en noir et blanc m'attrapèrent et m'écartèrent de Gabe, qui était abasourdi par la violence. Bien sûr, il s'agissait de hockey, mais lui et moi avions toute une histoire et nous plaisantions depuis des années. Je me jetai sur lui, puis fus escorté hors de la glace. Un entraîneur me rejoignit, me plaquant une serviette sur le menton pour arrêter le sang qui coulait.

J'entendis l'annonceur notifier mes pénalités alors que je prenais d'assaut le tunnel désormais couvert menant aux vestiaires de l'équipe locale. Agréable. Un instigateur et une inconduite inqualifiable. C'était moi durant ce match. Je ne suivis pas mentalement la plupart de ce qui s'ensuivit, mis à part le fait que nous avions perdu la partie. J'eus droit à quatorze points de suture au menton, puis mon cul a été épluché comme une pomme Cortland par l'entraîneur Benning. C'était bien mérité. L'équipe se sentait décalée suite à la perte de Stan, agrémentée par la haine dirigée contre Ten et Jared, et je venais d'ajouter un stress supplémentaire à la situation. Et le pire à propos de cette stupide mêlée, c'est que, maintenant que j'avais évacué une partie de ce dégoût de soi toxique, était que je savais que mes actions auraient un impact sur la personne que je faisais de mon mieux pour ne pas blesser.

Layton.

Cela le pousserait à faire en sorte que je passe moins pour l'abruti que j'étais. Je retirai mon équipement et le jetai dans mon box, puis allai me doucher seul. Je frottai mon visage si violemment que j'arrachai six des points de suture et que je dus les faire refaire. Cette fois, j'optai pour ne pas engourdir la zone. Peut-être que la douleur me ferait reprendre mes esprits. Lorsque je fus recousu, les autres joueurs étaient sortis de la glace et rentraient chez eux. J'aperçus Tennant alors que je sortais du cabinet du médecin de l'équipe. Il était en conversation avec quelqu'un au téléphone. Son regard rencontra le mien alors que je m'approchais. Il leva un doigt, je m'arrêtai donc devant lui.

— Non, Brady, je m'en occupe.

Ten roula des yeux, mais ils ne contenaient aucune trace d'humour. Aucun d'entre nous ne se sentait particulièrement joyeux.

— Écoute, je dois y aller. Oui, je dirai à Mads que tu nous conseilles de tenir bon et de rester ici. Uh-huh. À plus tard.

Il fourra son téléphone dans la poche avant de son pantalon. Il était prêt à sortir également de l'aréna.

— Grand frère est inquiet ? demandai-je.

— C'est son état perpétuel.

Tennant soupira.

— Viens avec moi. Je veux te parler.

Je marchai à côté de lui alors que nous nous frayions un chemin dans les couloirs, les bureaux et les salles d'aiguisage de patins jusqu'à ce que nous entrions dans la salle de presse désormais vide. Tennant referma la porte, puis lança un long regard à la pièce, l'air pensif.

— Quoi de neuf ?

— Tu sais, parfois je déteste cette salle.

Il se renfrogna devant les chaises qui devaient contenir les membres de la presse.

— Je veux dire… ce ne sont pas les médias, les responsables de toute cette haine. Pas du tout, ajouta-t-il, puis il me jeta un coup d'œil pour en avoir la confirmation.

Je hochai la tête.

— Ce sont les gens. Les gens qui détestent. Les gouvernements qui détestent. Les religions qui détestent. Et la presse, ils ne font que capter les avis et les rapporter.

— Ne regrettes-tu pas d'avoir fait ton coming-out ?

Cette question me trottait dans la tête depuis la conférence de presse que Layton avait si magnifiquement orchestrée. Putain, qu'est-ce qu'il me manquait ! C'était comme si j'avais perdu un membre ou un organe. Enfin, mon cœur était brisé et avait été emporté comme de la poussière, alors je suppose que j'avais…

— Non, pas une seule seconde.

Il était catégorique, mais sa détermination s'estompa légèrement de son visage.

— Laisse-moi modifier cela. Je ne regrette pas la décision prise par Mads et moi de faire notre coming-out. Ce que je ne supporte pas, c'est que notre relation ait causé de la douleur et une blessure à l'un de mes meilleurs amis. Je… je n'arrête pas de ressentir le poids de ce moment. Que Stan est désormais blessé à cause de moi. Cela me pose quelques problèmes.

— Ten, ce n'est pas toi qui as attaqué Stan, c'était la haine. Une haine aveugle, stupide, au cœur noir qui a assommé notre gardien.

Je me penchai sur le côté pour attirer son attention.

Il hochait la sienne comme le faisaient les gars quand

ils voulaient que vous pensiez qu'ils étaient d'accord, alors qu'ils ne l'étaient vraiment pas.

— Merci pour ça. Mads me répète la même chose toutes les heures, n'empêche que le sentiment de culpabilité est toujours là, comme une ancre pesant sur ma poitrine.

Il inspira, puis laissa sa respiration s'échapper lentement.

— Tu songes à faire ton coming-out ?

Ma bouche et mon cerveau s'en trouvèrent désynchronisés. Le premier vrai sourire depuis des jours apparut sur le visage de Tennant Rowe.

— Je… Quoi ? balbutiai-je.

— Ad, sérieusement, c'est assez évident pour quiconque a les yeux en face des trous. La façon dont tu regardes Layton Foxx et la manière dont il agit quand tu entres dans une pièce ? C'est évident que vous avez quelque chose de puissant en cours.

Il s'appuya contre le mur près de la double porte, ses yeux verts perçants rivés sur moi.

— Je... Euh… je ne sais pas où nous en sommes, alors ce n'est pas comme si j'étais prêt à en parler, tu sais ?

Wow ! Je venais juste de faire mon coming-out devant Tennant. Et c'était… okay.

— Oh si, je sais, rétorqua-t-il avec un signe de tête montrant sa compréhension. C'est comme si tu étais dans une boîte de peinture. Tu es juste cette couleur un peu fade, non ? Comme un vieux blanc terne. Et puis quelqu'un soulève le couvercle et ajoute cette belle couleur toute nouvelle. Peut-être est-ce bleu, violet ou magenta. Et vous vous retrouvez tous les deux mélangés dans une machine qui vous secoue et vous remue jusque dans la moelle de vos os. Tu veux vomir, rire et pleurer, pourtant tu tournes trop vite pour savoir même quelle émotion ressentir. Ensuite, le tourbillon ralentit et toi et lui, vous formez cette nouvelle couleur totalement incroyable. Une combinaison qui est si belle qu'elle t'amène les larmes aux yeux.

— Très poétique, murmurai-je.

Le nez de Ten se plissa, manifestement gêné.

— J'ai plutôt l'impression que Layton et moi en sommes pour l'instant dans la partie tourbillonnante et vomissante.

Je glissai mes mains sous mes aisselles.

— Mais après toute cette merde giratoire, ça va mieux, non ?

La porte s'ouvrit. L'entraîneur Madsen jeta un coup d'œil à l'intérieur. L'expression de son visage quand il repéra Tennant répondit à ma question, mieux que tous les mots ne sauraient le dire. Ces deux hommes s'aimaient si fort que cela me donna envie de pleurer. Je voulais connaître ça avec Layton.

— Hey, te voilà.

Le Coach regarda Ten, puis moi.

— Adler, serez-vous capable de vous asseoir bientôt ?

— Pas avant quelques jours, répondis-je.

Nous parlions tous les deux du bottage de cul en règle que j'avais reçu de l'entraîneur principal.

— J'espère que la ligue aura la main légère avec vous.

Il me frappa l'épaule.

— Ten, tu es prêt à rentrer à la maison ?

— Ouais, laisse-nous une seconde, d'accord ?

Ten sourit à Mads. Vous pouviez sentir l'adoration de Tennant pour Jared.

— Bien sûr.

L'entraîneur Madsen lança un regard curieux à son petit ami, mais il sortit de la pièce et nous laissa faire.

— Très bien, alors voici la chose dont je voulais te parler. Je veillerai sur tes arrières, d'accord ? Toi et moi, nous nous complétons. Notre ligne est solide. Cette équipe a du potentiel. Toute notre merde personnelle mise à part, tu fais partie de cette équipe et je te considère maintenant comme un joueur des Railers. Je veux dire, tu as Arcanin sur ton putain de bras à présent. Tu es l'un d'entre nous.

— Merci, cela signifie beaucoup pour moi.

Je lui tendis la main. Il l'écarta et m'attrapa pour un câlin rapide et fort.

— Cela en vaut la peine, Adler, m'assura-t-il, puis il courut afin d'aller retrouver l'entraîneur Madsen et rentrer chez lui.

Ensemble.

En couple.

Sachant que je devais m'excuser pour avoir merdé, je quittai l'aréna, me glissai derrière le volant de ma BMW et me retrouvai à l'endroit où toute cette misérable plongée dans ce bourbier avait commencé. Chez Layton. Mon téléphone se mit à sonner. C'était Apollo. Je le laissai se diriger vers la messagerie vocale. Il n'y avait pas moyen que je puisse le gérer maintenant. Il exigerait sans cesse de savoir quelle folie débordante avait envahi mon cerveau. J'éteignis le moteur et restai assis dans ma voiture jusqu'à ce que je puisse voir mon souffle créer un petit nuage. Les lumières de l'appartement de Layton étaient toujours allumées. Il opérait probablement sa magie face aux médias sociaux pour me tirer du feu. Comme s'il avait besoin de ça.

— Je ne fais vraiment que des conneries.

Je soupirai, les mots formant une bouffée de vapeur qui s'installa sur le pare-brise et constitua davantage de glace.

Sans rien ajouter, je me dirigeai vers sa porte. Mon menton me faisait mal, mon cœur était endolori, et je voulais juste le tenir parce qu'il souffrait aussi. Je frappai. Je l'entendis marcher jusqu'à la porte. Il y eut une pause : il avait fort probablement regardé à travers le judas.

— Si tu ne veux pas me parler maintenant, je comprendrais. Je viens…

Je posai la main sur la poignée de porte et la caressai à sa place. Mon regard se posa sur mes doigts.

— Je voulais juste que tu saches que je suis désolé, bébé. Pour tout le mal qui t'est arrivé. Si je pouvais, je porterais ce fardeau pour toi. J'aspirerais toute la douleur et la peur qui noircissent ton âme et la transfèrerais dans la mienne.

Le pommeau était froid au début, lisse aussi, mais à mesure que je le caressais, le métal commençait à se réchauffer au contact. Je doutais que l'homme qui se trouvait de l'autre côté du panneau me revienne un jour. La douleur de cette pensée faillit presque me faire tomber à genoux.

— Je sais que je n'ai fait qu'ajouter des conneries supplémentaires au désordre auquel tu dois déjà faire face.

Je soupirai longuement, mes doigts toujours posés sur sa poignée de porte.

— Je suis désolé pour ça aussi, Layton. La seule chose que je voulais faire était de te rendre heureux parce que ton sourire ? Il est sensationnel. Il contient toute la beauté du monde, surtout lorsqu'il m'est adressé.

La porte s'ouvrit. Mes doigts retombèrent à mon côté et mon regard se posa lentement sur lui. Il était si beau, pourtant j'étais sur le point de le perdre. Ses yeux gris se rivèrent à mon visage et se fixèrent sur les points de suture noirs et laids de mon menton.

— Pourquoi as-tu réagi comme cela ?

La question était douce et sincère.

J'y réfléchis pendant une minute alors que j'observais les prunelles d'étain qui resteraient avec moi pour toujours, même si ce n'était probablement pas le cas de son propriétaire.

— Je voulais saigner pour toi. Je voulais sentir la douleur que tu éprouvais. Je voulais faire du mal à quelqu'un pour le crime commis contre toi. Gabe a été cette personne malchanceuse.

Il resta silencieux. Je pris sa réaction comme le signe que je devais partir.

— D'accord, bon, je voulais juste te revoir une fois de plus. Pour te dire que je t'aime.

Je reculai et étais sur le point de faire demi-tour.

— Ne pars pas.

— Ouais ?

Je ne pouvais pas me résoudre à le regarder encore, au cas où j'aurais mal compris.

— Ouais.

Je me tenais là, dans le couloir, me focalisant sur une petite tache sur le tapis, effrayé à l'idée de bouger, même si mon cœur se précipitait contre mes côtes, comme un oiseau nouvellement mis en cage.

— Adler, entre, indiqua Layton d'une voix ferme.

Je levai les yeux. Il avait l'air de pouvoir encore m'aimer, même si je n'avais rien fait pour mériter un quelconque...

— Arrête cette haine de toi, ce « je ne suis pas assez bien pour toi », ce monologue qui tourne dans ta tête.

— C'est la vérité

Ses yeux étaient chaleureux, non ? Était-ce bien de la chaleur que je discernais dans ses prunelles ?

— Je t'aime tellement.

Cela m'échappa complètement. C'était la douceur de son regard qui me faisait dire des bêtises.

— Non, c'est faux. Tu mérites d'être aimé et je t'aime aussi. Maintenant, libère ce couloir avant que les voisins ne nous entendent échanger des promesses.

Oh, mon Dieu ! Il esquissa un sourire.

Je souriais beaucoup.

— Je me fiche de savoir s'ils m'entendent, Layton. Ainsi que tous les dieux du ciel, je m'en fous. Je veux que le monde sache.

— Je ne peux vraiment éteindre autant d'incendies à la fois, Ad. Je ne suis pas Smokey Bear.

Il agita une main pour m'encourager à entrer. Je me glissai dans son espace, sans l'envahir pour autant. Il ferma la porte.

— Serait-ce d'accord si je te prenais dans mes bras, juste une seconde ?

Je priai pour qu'il accepte.

— J'aimerais beaucoup. Il semblerait que je n'arrive pas à me concentrer sans toi auprès de moi.

J'ouvris les bras et le laissai approcher. Rien ne pourrait jamais se comparer à ce que j'éprouvais lorsqu'il se glissait dans mes bras. Les larmes s'échappèrent toutes seules. Je laissai tomber mon menton sur son épaule, sifflant de douleur, mais gardai mon visage caché. Il avait besoin que je sois fort, et non l'inverse.

Layton appuya sa main sur ma nuque.

— Tu peux pleurer si tu en as besoin, murmura-t-il, ce qui fit voler en éclats toutes les briques du barrage.

Ce n'était pas comme ça que c'était censé se passer. J'étais le joueur de hockey. C'était mon travail de tenir Layton et de lui donner de quoi se raccrocher.

— Oh, Ad, tout ira bien.

Sa main dessina de petits cercles entre mes omoplates, pendant que l'autre me massait la nuque. Il déposa un baiser sur ma tempe, alors que je reniflais et toussais, mes doigts serrés contre lui.

— Je veux être peint avec toi.

— Oh… kay. Je peux aussi être peint avec toi ?

Un rire râpeux, ressemblant à une quinte de toux m'échappa.

— Cool. Nous allons créer une couleur vraiment vibrante et unique, Layton.

Je le serrai dans mes bras, puis le fis pivoter plusieurs dizaines de fois pour s'assurer que nous étions bien mélangés.

Chapitre Dix-Sept

Layton

Je n'avais aucune idée de ce que je faisais.

Toutes les raisons, à l'intérieur de moi, qui m'avaient exhorté de m'éloigner d'Adler s'étaient dissipées dès qu'il avait frappé à ma porte. À le voir livrer ce combat m'avait fait comprendre que c'était en partie de ma faute. Je lui avais retourné la tête, et j'en étais désolé – plus qu'il ne le saurait jamais. L'avoir là dans mes bras, clairement ému, était un moment qui définirait ce qui se passerait entre nous.

— J'ai appelé ma famille, l'informai-je, car j'avais besoin qu'il sache ce que j'avais fait quand il était parti.

Il était vital qu'il comprenne ma peur. Il ne releva pas la tête de mon épaule, mais il marmonna quelque chose qui ressemblait à un doux « Ouais ? »

— Je voulais leur avouer que je m'étais senti comme une merde quand j'étais à la maison et que ce n'était pas de leur faute, que nous avions tous besoin de surmonter ce qui m'était arrivé, qu'ils devaient cesser de s'inquiéter et que je devais arrêter de les éviter. Tout s'est bien passé, en grande partie, cependant après quatre appels téléphoniques distincts dans lesquels j'ai dû m'expliquer à chaque fois, j'en ai eu assez. C'est donc à Zach d'en parler à ceux qui restent.

Je sentis ses épaules trembler et je crus qu'il redevenait émotif, pourtant cette fois, il releva la tête et, même s'il avait les yeux brillants, il souriait.

— Pauvre Zach, dit-il.

— Il peut le gérer. C'est un grand garçon.

— Stan m'a donné un message pour toi.

— Cela a-t-il quelque chose à voir avec mes habitudes alimentaires ?

— Je n'en ai compris que la moitié, étant donné que je fixais les points de suture qu'il avait au front.

J'avais entendu les mots, je m'étais immédiatement raidi et m'étais senti mal pour Stan. Adler avait raison. Je n'avais aucun contrôle réel sur la haine d'un autre homme. Malgré tout, la culpabilité creusait dans mon estomac et je devais respirer en dépit de la sensation d'oppression qui émanait de ma poitrine.

Et Adler m'accordait le temps de le faire.

— Alors qu'a-t-il dit ? demandai-je finalement.

— Blah blah, ov, dah, blah, café, blah, Snickers.

Je souris à cela.

Mais Adler n'en avait pas fini.

— Anatoly m'a confié que la petite sœur de Stan avait un trouble de l'alimentation. Il n'est pas entré dans les détails, cependant.

— Oh !

Cela prenait tout son sens à présent. Je pouvais

comprendre pourquoi Stan y était sensible, étant donné qu'il était également un athlète professionnel. Son inquiétude m'avait plutôt fait prendre conscience de la dépendance au café que j'avais. Je pris note mentalement d'effectuer des recherches sur les troubles de l'alimentation et d'en parler à Stan. J'étais tombé sur des études la semaine dernière concernant des athlètes, la quantité de nourriture qu'ils devaient consommer et à quel point cela devait être strict. Je voulais tout savoir sur l'équipe et ce qui les touchait.

— J'aime Stan, déclarai-je.

— J'étais jaloux de lui, admit Adler.

Il prit mon visage dans la coupe de ses mains et déposa un baiser sur mes lèvres.

— Tu n'as aucune raison de l'être.

Adler approfondit le baiser et je me retrouvai plutôt impuissant contre lui, serrant fort son biceps alors qu'il me pliait un peu plus vers l'arrière. Je voulais glisser mes mains dans ses cheveux épais, mais il me tenait toujours la tête, et de toute façon, nous avions tout le temps au monde.

Il relâcha un peu sa prise et, sans ajouter un mot, il me prit la main et m'entraîna vers ma petite chambre. Je le laissai me guider et nous enlevâmes silencieusement nos vêtements, embrassant chacun à la moindre parcelle de peau révélée, tombant sur le lit dans un enchevêtrement de membres. Il me couvrait et je sentis une légère pointe de peur qu'il devina.

D'une certaine manière, il savait. Il comprenait.

Il bougea et je me couchai sur lui, puis il reprit mon visage et m'embrassa encore, et je fondis. Je le désirais tellement, mon besoin insistant me poussait à me frotter contre lui, et il se pressa contre moi jusqu'à ce que le rythme devienne trop fort et que je glisse sur le côté.

— Et si je ne me sentais jamais prêt ? murmurai-je contre sa peau. Et si tu ne pouvais jamais me pénétrer...

Je ne pouvais pas passer outre le blocage dans ma tête.

— Et si cela n'avait aucune importance ? répondit-il. Pour moi ou pour toi. Et si ce que nous avons est absolument parfait et correct ?

Oh mon Dieu, ce joueur de hockey rugueux, sexy et fort, à la langue bien pendue, jouait avec mes émotions et je l'aimais encore plus.

— Tu as dit que tu aimais...

— Cesse de discuter, Foxxzee, lança-t-il, mentionnant mon stupide surnom de hockey, et roulant à nouveau pour qu'il se retrouve à moitié sur moi et sur le lit.

De cette façon, je pouvais bouger, et cela apaisa la vague de panique persistante qui pouvait me prendre à n'importe quel moment.

Il se montrait si doux, ses mains traçant des motifs sur ma peau, je fermai les yeux et me délectai de la tendresse de cet amour lent qu'il me portait.

Je passai les mains dans ses cheveux, le rapprochant, ayant soudain besoin de son poids sur moi, et l'embrassai alors qu'il bougeait et gémissait contre mes lèvres.

— Je n'ai jamais dit que tu ne pouvais pas me faire des choses, murmura-t-il avant de m'embrasser à nouveau. Tout ce que tu voudras. Tout ce qui semble juste.

Le baiser s'approfondit encore et je n'écartai pas mes mains, me tortillant un peu plus pour pouvoir me rapprocher, sous lui, nos sexes bien durs se frottant l'un contre l'autre. Je voulais ma bouche sur lui, enfoncer mes doigts lubrifiés en lui, qu'il jouisse si fort qu'il ne pouvait plus respirer, toutefois, cela devrait attendre, car pour l'instant, je poursuivais cet orgasme qui se tenait juste hors de ma portée.

— Je t'aime, dit-il, puis il le répéta en se redressant sur les coudes.

J'ai chassé le baiser, mais il sourit et ondula des hanches.

Game over. Je me mis à jouir si fort que c'était moi qui ne pouvais plus respirer, et, lorsqu'il m'embrassa, se frottant contre moi dans mon sperme, mon cœur se dilata avec tout l'amour que j'éprouvais pour lui et j'étais perdu.

— Je t'aime, je t'aime, répétais-je encore et encore alors qu'il m'embrassait et se perdait à son tour dans un magnifique orgasme.

Je m'accrochai à ses épaules, ses biceps, le voulant au bord de l'abîme, et ses muscles fléchirent à mon contact.

Cet homme était tout à moi. Et je ne le laisserais jamais partir.

— Je ne peux pas changer les idées de tout le monde, murmurai-je dans l'obscurité.

Nous avions commandé une pizza, mangé à notre faim et nous nous étions repliés dans notre lit, enroulés l'un autour de l'autre, face à face en nous tenant fermement.

— Que veux-tu dire ?

— J'ai décidé aujourd'hui que quoi que je fasse, même si c'est le meilleur travail que j'ai jamais fait, ce ne sera jamais assez.

— Tu ne peux pas abandonner, déclara Adler, une pointe d'acier s'entendant clairement dans sa voix.

Il pensait que je voulais dire que je renonçais ? C'était bien loin de la vérité.

— Non, tu ne comprends pas. Je n'abandonnerai pas. Je ne le fais pas... je ne peux pas. Je veux dire... cet homme avec son gosse, celui qui a lancé la rondelle, peut-être qu'un jour il se réveillera et qu'il verra le monde comme nous, d'accord ? Peut-être son fils lui avouera-t-il qu'il est gay, ou cela pourra se produire quand son équipe préférée aura un joueur gay, ou encore quand il verra un épisode d'un feuilleton qui l'amènera à réfléchir. Quoi qu'il en soit, ce jour-là, il changera d'idée. Sans aucun doute. Pour autant, tout ce que je peux faire maintenant, c'est contrôler ce qui est raconté. C'est tout ce que je me dis. Je peux aider les gens à voir et à m'assurer que ce qu'ils voient est correct.

— C'est pour ça que je t'aime, ajouta Adler. Parce que tu n'arrêtes pas, que tu n'abandonnes pas, et que tu vois le bien chez les gens en dépit de...

— En dépit de ce qui m'est arrivé, tu veux dire.

— Ouais.

Il bougea un peu et je savais qu'il était mal à l'aise avec ce sujet, je restai donc silencieux.

— Cela te fait-il sentir... Ai-je tort...

— Crache le morceau, l'encourageai-je avec un sourire qu'il était incapable de voir, mais qu'il pourrait entendre dans le son de ma voix.

— Je veux que tu saches que tu peux en parler avec moi – de ce qui t'est arrivé. Je ne suis peut-être pas au fait avec mes émotions, mais c'est parce que je ne viens pas d'une famille qui fait preuve de sentiments, et je le sais.

— Conneries ! rétorquai-je sans chaleur. Tu éprouves des sentiments tout le temps. Tu veilles sur ton équipe, tu respectes les autres, tu ris, tu cherches désespérément à être ami avec des gens – cela doit être aussi éloigné que possible de ne pas être au fait avec tes émotions.

— Tu crois ?

— J'en suis sûr. Alors, on m'a fait… commençai-je, et je réalisai que cela donnait à Evil Adler, comme je m'étais mis à appeler son côté immature, une chance de sortir.

— Deux fois, dit-il avec un petit rire, avant de m'embrasser fort.

— Nous avons assez parlé de moi. Qu'en est-il de toi ? Quand pourrai-je rencontrer ta famille ?

Silence. Je pouvais imaginer que le cerveau d'Adler réfléchissait à tout cela. Je m'attendais, soit à ce qu'il ignore la question, soit à ce qu'il l'écarte et lui fasse prendre une direction totalement différente ou encore qu'il fasse une blague.

Quand il n'en fit rien et resta silencieux, je sentis une petite pointe d'inquiétude me préoccuper, puis il se mit à parler.

— Ils n'agissent pas comme de vrais parents, déclara-t-il. Ce n'est pas du tout ce que tu connais avec ta famille, avec toutes leurs taquineries, leur manière de t'aimer et de fourrer leur nez dans tes affaires, alors qu'ils s'inquiètent à ton sujet, et sur le fait qu'ils savent des choses sur toi, même si tu avais préféré que ce ne soit pas le cas.

Il s'arrêta, s'installa sur son dos, me tirant près de lui et me serrant plus près.

— Mais oui, j'aimerais que tu les rencontres. Je suppose que tu devras le faire si nous voulons poursuivre les choses correctement.

Je savais qu'il n'avait pas de frères et sœurs, et avais l'impression que ses parents étaient le genre de parents indifférents que la plupart des adolescents auraient aimé avoir.

— Ils n'apprécient pas que tu joues au hockey ?

Il éclata de rire et ce ne fut pas un son agréable. Au contraire, il était rempli de dérision, et je ne savais pas si cela visait ses parents ou lui-même.

— Cole et Karrie Anne de Brampton, Maine, ricana-t-il. Par où commencer ? Ils ne sont pas ravis du fait que je suis né, encore moins que je sois un joueur de hockey. La seule chose qui leur a posé un véritable problème était que je sois gay, mais Dieu seulement sait pourquoi, ils ont fini par l'accepter, parce qu'ils ont… dirons-nous, un mariage très ouvert.

— Tu ne les appelles pas maman et papa, repris-je.

Je l'avais déjà remarqué.

— Ils ne sont pas de véritables parents. Je n'étais pas le fils qu'ils voulaient.

— Tu es un homme bon, Adler…

— D'accord, m'interrompit-il. Tu les rencontreras si seulement tu voulais bien arrêter avec tes paroles gentilles.

Il ne semblait pas fâché et le baiser fut doux.

— J'aimerais bien que tu fasses la connaissance des parents d'Apollo – ils sont plutôt sympas et ils étaient toujours là pour moi. Et pour changer drastiquement de sujet, nous devons parler de mon coming-out.

Je me tendis – je ne pouvais pas m'en empêcher. D'une manière ou d'une autre, je m'étais bercé d'illusions, pensant avoir trouvé un amour que je pourrais garder ici, à la maison, mais ce n'était pas possible, n'est-ce pas ? Si je voulais être moi-même, je devais agir en tant que tel. Cela me paraissait logique, même si je ne trouvais pas les mots pour l'exprimer.

— Je veux en informer l'équipe, ajouta-t-il. Ten sait déjà. Nous n'avons pas à en faire un truc énorme, cependant, j'aimerais me sentir plus à l'aise avec l'équipe. Pas de grandes annonces ni quoi que ce soit, pas avant un bon moment, de façon à ce que tu puisses contrôler tes narrations ou peu importe comment tu les appelles.

— Tu as pris des notes.

— Toujours. Je veux partager et aider tout ce que Ten doit gérer, ainsi que Jared. Cela rendra-t-il ton travail plus difficile ?

Je souris et réclamai un autre baiser.

— Avoir quelqu'un qui m'aime et que j'aime me facilite la vie, le rassurai-je et j'ignorai délibérément l'once d'inquiétude que contenaient mes paroles

Rien qui vraiment vaille la peine n'était jamais facile.

— Alors, nous ferons cela, affirma-t-il.

— Ouais. Je t'aime.

— Je t'aime aussi, murmura-t-il, enfouissant son visage dans mon cou et soupirant contre ma peau.

Tellement.

Épilogue

Adler

JUIN

C'était stupide de vérifier. Je le savais. Pourtant…

— Tu n'es pas encore prêt ?

Layton se glissa derrière moi.

Je lui jetai un coup d'œil par-dessus mon épaule. Épaule qui n'avait toujours pas de chemise pour la couvrir. Il leva un pull bleu pâle et le secoua. Puis ses yeux gris se posèrent sur le téléphone que j'avais dans la main. Il abaissa le pull qu'il m'avait acheté, alors que l'inquiétude assombrissait ses yeux.

— Peut-être qu'ils se trouvent simplement dans une zone qui ne capte pas ?

— Ouais, ou peut-être pas.

Je fourrai mon téléphone dans la poche arrière de mon jean, puis je saisis le sweater des mains de Layton.

— C'est bon. Je veux dire… ce n'est que mon anniversaire. Pourquoi devraient-ils cesser d'agir comme Cole et Karrie Anne pendant dix putains de minutes et souhaiter à leur fils unique…

Je retins mon souffle en enfilant le chandail sur ma grosse tête.

— Oublie. Nous ne pouvons pas faire en sorte que les gens agissent comme nous voulons qu'ils soient, non ? Nous ne pouvons contrôler que notre propre vie.

— C'est vrai.

Il m'adressa un petit sourire, puis me tendit mon portefeuille et mes clefs de voiture. Je les glissai dans une poche avant.

— Tu m'écoutes vraiment quand je parle.

— Toujours, Foxy Man.

Je me penchai pour voler un rapide baiser. Ses lèvres étaient douces, chaudes et trop tentantes. Sachant où un baiser innocent pourrait nous mener, Layton s'éloigna avant que je puisse mettre la main sur lui.

— Le spectacle débute dans trente minutes, me rappela-t-il.

— Une nuit à l'aréna. Youpi !

Son regard cinglant fut de première classe.

— Ce n'est pas comme si tu avais fait ton coming-out à la patinoire.

C'était un spectacle spécial, mettant en vedette plusieurs patineurs artistiques olympiques sur la glace qui serait fondue demain et retirée pour la pause estivale.

— C'est un cadeau parfait pour un homme qui patine afin de gagner sa vie.

— Layton, ils font des pointes avec leurs patins.

Je glissai mon bras dans la manche de ma légère veste

gris foncé. Je l'avais achetée, car lorsque je la portais, elle me rappelait les yeux de Layton. Non pas que j'aie besoin d'un vêtement pour déclencher un déferlement de souvenirs concernant cet homme. Il était avec moi partout où j'allais. Enfoui au fond de mon cœur, apaisant mon cerveau et m'obligeant à rester calme. C'était un sentiment rare pour moi. Seul Layton Foxx était capable d'y parvenir. Et il me faisait jouir si fort, rien qu'avec un mot murmuré, que j'avais presque perdu connaissance par pur plaisir.

— Oui, c'est le cas.

Il soupira, arborant un air faussement dramatique. Je lui avais expliqué la sorte de rivalité amicale entre les joueurs de hockey et les patineurs artistiques. Comment nous nous titillions perpétuellement afin de savoir qui était le plus fort, ou les meilleurs patineurs et quel sport sur glace était le plus difficile.

— Et des costumes lumineux.

Je le suivis devant la porte de chez lui et attendis qu'il la verrouille. J'y demeurai presque 24 heures sur 24 et sept jours sur sept, ce qui accordait enfin à Apollo une véritable vie privée. J'aimerais qu'il se trouve quelqu'un d'aussi incroyable que Layton à aimer.

Comme celui-ci avait eu beaucoup de mal à obtenir des billets pour le spectacle, je cessai de me plaindre qu'il s'agissait d'un jour de congé, de patins de danse, et de Trent Hanson, la grande vedette extravagante du spectacle de glace qui était arrivé à Harrisburg pour sa représentation d'un soir seulement.

Nous nous précipitâmes vers ma voiture garée à côté de la sienne, une douce brise d'été lui ébouriffant ses cheveux.

— Hey, lançai-je avant de lui jeter mes clefs.

Ses yeux brillèrent.

— Tu conduis.

— Wow, c'est une sacrée preuve d'amour.

Il sourit, vola un baiser passionné, puis se glissa derrière le volant du Beemer.

— Apparemment, concédai-je après m'être installé dans le siège passager.

Il me jeta un coup d'œil sournois, puis attrapa un de ses CD.

— D'accord, je ne suis pas sûr de t'aimer *à ce point*, gémis-je quand « Young and Beautiful » de Lana Del Rey sortit des haut-parleurs.

— Si, tu le fais.

— Je sais.

Il sortit du parking et s'engagea dans une circulation légère. Nous parlâmes de tout et de rien. Son portable se mit à trembler à mi-chemin de l'aréna. Il se gara près du trottoir pour voir le correspondant. Je pouvais deviner que ce n'était pas un appel joyeux au vu de son front plissé.

— Laisse-moi y répondre, dit-il.

Je baissai la chaîne stéréo et me renfonçai dans le siège, regardant les passants profiter du soleil du début de l'été. J'aperçus une femme en maillot des Railers avec le numéro de Stan sur le dos. Même si l'équipe n'avait pas survécu au deuxième round de la finale de la Coupe Stanley, nous avions rendu cette ville fière et le nombre de nos fans s'était accru.

Chaque journaliste avait déclaré la même chose : l'année prochaine nous pourrions aller encore plus loin.

— Non, Dieter, laissez-moi continuer à travailler sur le

problème... Je sais... Nous allons nous en occuper, mais cela doit être fait correctement... Oui... Non, je n'ai pas oublié... C'est bon, je sais que vous êtes inquiet... D'accord, je vais... Non, juste... Très bien... C'est probablement pour le mieux... Bien, nous discuterons demain...

Il raccrocha, ferma les yeux et chercha un peu de zen pendant que j'attendais.

— Tu ne peux pas en parler pour le moment ? demandai-je.

Il secoua la tête.

— C'est confidentiel.

Il ouvrit grand les yeux et me regarda.

— Tu sais que je t'en parlerais si je pouvais.

— C'est cool. Il a droit à sa vie privée. Je veux dire... regarde depuis combien de temps nous gardons notre secret.

— Son problème est compliqué.

— Tu vas y arriver. Tu es le meilleur dans ce que tu fais.

Un grognement lui échappa.

— Sauter d'un potentiel cauchemar vis-à-vis des médias sociaux à un autre, tu veux dire ?

— Nous devons te tenir occupé, non ?

Je pensais à tout ce qu'il avait géré depuis sa première journée en tant que gourou des médias sociaux pour les Railers. L'affaire concernant Tennant et Jared avait été énorme. Ensuite, il y avait eu moi, avec ma bouche qui ne communiquait pas avec mon cerveau. Et maintenant, il semblerait que Dieter ait quelque chose en préparation, qui nécessitait le tact de Layton.

— Ton coming-out auprès de l'équipe était beaucoup

plus facile que Tennant et Jared le faisant devant le monde entier.

Il appuya sur le clignotant, puis s'immisça de nouveau dans la circulation.

— Tu es toujours d'accord avec le fait que ce soit juste l'équipe et nos proches qui savent ?

— Oui, cela me convient. La merde avec Ten et Jared n'est toujours pas retombée. Je vois des pancartes lors de matchs et j'écoute les bigots à la télévision. Je sais que cela t'empêche toujours, toi et ton équipe, d'éteindre ces flammes.

— Sans parler des autres choses, ricana-t-il.

Je tapotai sa cuisse, juste pour sentir sa chair ferme se contracter sous ma main. Son regard se posa sur le mien pendant une seconde.

— Le temps viendra pour nous d'informer tout le monde. Je veux juste que tu sois heureux.

— Impossible que je sois plus heureux que ce que je ne le suis déjà.

Il entra sur le parking de l'East River Arena.

— Je suis sûr qu'il doit y avoir quelque chose qui te rendrait un peu plus heureux.

Nous nous glissâmes à l'arrière et nous garâmes sur une place, juste à l'entrée des joueurs. Être un Railer avait ses avantages.

La voiture ne s'était pas encore arrêtée que quelqu'un martelait la vitre de mon côté. Je lançai un regard noir à travers le verre en direction d'Apollo. Attendez... Apollo ? Je descendis la fenêtre.

— Où étais-tu ? Cela fait environ vingt minutes que nous sommes ici et j'ai besoin d'aller aux toilettes lança mon meilleur ami.

— Que fais-tu ici ? demandai-je.

Layton releva ma vitre, coupa le moteur et sortit. Apollo dansait d'un pied sur l'autre et se frottait les biceps quand je descendis de la voiture.

— Je répète, que fais-tu ici ?

— Monsieur Foxx… Layton, désolé.

Il sourit doucement à mon homme. Les vieilles habitudes avaient la vie dure. Il avait grandi en appelant tous ceux qui n'étaient pas employés par ma famille, Monsieur, Madame ou Mademoiselle, alors sa réaction envers Layton était compréhensible.

— Layton voulait que ta famille soit ici pour ton cadeau d'anniversaire.

Je me retournai pour dévisager Layton, debout à côté de moi. Il avait l'air suffisant. Cela m'inquiéta légèrement.

— Adler, voudrais-tu dire à cet homme que nous te connaissons ?

Le son de la voix de Madame Vasquez me donnant un ordre se répercuta sur les côtés de l'aréna. Je restai bouche bée à la vue des parents d'Apollo, qui se tenaient près de la porte d'entrée des joueurs. La petite Madame V avec ses mains sur les hanches et le grand Monsieur V, se tenant à côté d'elle, l'air calme et pensif. Ils avaient l'air bien de bien aller.

— Je lui ai raconté l'histoire lorsque tu avais six ans, tu avais mangé vingt-cinq boîtes de raisins secs et fait caca comme une oie pendant trois jours, mais il a dit que nous avions besoin d'une carte d'identité.

L'agent de sécurité m'adressa un signe de la main pour s'excuser.

Je reportai mon attention sur l'homme qui se tenait à ma gauche.

— Tout le monde devrait avoir sa famille avec soi lors de journées spéciales, déclara doucement Layton.

Et par tout ce qui était saint, il avait raison. Ce petit groupe ici... c'était ma *vraie* famille. Apollo et ses parents, Layton et sa monstrueuse, immense et trop protectrice famille, ainsi que les Railers. Bien sûr, Cole et Karrie Anne m'avaient donné leur ADN, sans rien d'autre que de l'argent. Et l'argent n'était qu'un pauvre substitut à une véritable affection.

— Je jure que je t'aime plus que la vie, Layton, lançai-je, m'étouffant avant de le prendre dans mes bras.

Il fondit contre moi, ses bras se glissant autour de ma taille comme s'ils étaient faits pour être là.

— Je t'aime assez bien aussi.

Ma bouche se scella à la sienne. Le baiser contenait toutes sortes de promesses.

— Faisons entrer ta famille et Apollo pourra enfin aller aux toilettes.

J'entrelaçai mes doigts aux siens. Nous entrâmes main dans la main dans l'East River Aréna, avec ma famille qui bavardait autour de nous, mon bras enroulé autour d'Apollo.

Le meilleur anniversaire de tous les temps. Même avec l'histoire du raisin révélée.

Quelle est la prochaine étape pour les Railers ?

Spirale Infernale (Railers 3)

Bientôt

Spirale Infernale - Harrisburg Railers, Tome 3

LA PASSION D'UN HOMME, LES MENSONGES D'UN AUTRE.
L'amour pourra-t-il même réparer le plus sombre des cœurs ?

Trent Hanson est un phénomène du patinage artistique, adoré par des millions de personnes à travers le monde. Toute sa vie a été consacrée au sport qu'il aime, alors même que ledit sport – et sa propre famille – lui tournent le dos. Depuis la patinoire d'entraînement jusqu'aux Jeux Olympiques et au salon de ses parents, Trent se bat contre les intimidateurs et les homophobes pour devenir l'homme gay et fier qu'il est. Toutefois, les combats incessants le laissent fatigué, solitaire et nerveux. Toutes ces craintes devront être écartées lorsqu'il est embauché pour passer l'été à travailler avec l'équipe de hockey sur glace des Harrisburg Railers. Qui aurait pu deviner que l'homme à qui le destin a décidé de le jumeler n'est autre que Dieter Lehmann, autoproclamé dieu du sexe et un homme qui semble avoir tout à prouver, sans oublier de mentionner qu'il ne se soucie pas de savoir qui il blesse pour parvenir à ses fins.

Dieter a passé bien trop d'années à croupir dans les ligues mineures et a une addiction secrète aux antidouleurs sur ordonnance, ce qui signifie que sa carrière se retrouve prise dans une spirale infernale. Son ex le fait chanter et il est sur le point de renoncer à tout cela. Mais quand il est appelé en renfort lors d'un match pour la Coupe Stanley, il doit dissimuler ses blessures, obtient un avant-goût de ce que c'est de jouer dans la LNH et il réalise qu'une place sur la liste des remplaçants des Railers est ce qu'il désire plus que tout. Plus que d'écouter son cœur, et encore plus que d'avoir à se soucier de ce patineur artistique exaspérant qui s'immisce sous sa peau. Lorsqu'il franchit les limites pour obtenir ce qu'il veut, il comprend qu'il s'est égaré. Il doit changer, mais n'est-il pas déjà trop tard pour sa carrière et ses chances de pouvoir aimer ?

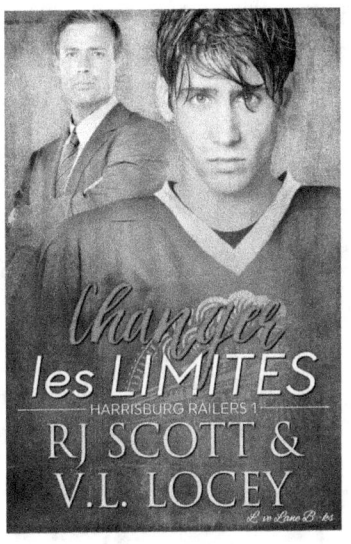

Romance de hockey par RJ Scott et VL Locey

Changer Les Limites (Harrisburg Railers 1)

Tennant peut-il prouver à Jared que l'âge ne représente qu'un chiffre et que l'amour est tout ce qui compte ?

Les frères Rowe sont de célèbres têtes brûlées du hockey, mais en tant que le plus jeune du trio, Tennant a toujours dû jouer contre les réputations de ses frères. Afin de sortir de leurs ombres et refusant de tenir compte de leurs conseils, il accepte un transfert dans l'équipe des Harrisburg Railers, où il se retrouve face à Jared Madsen. Mads, un vieil ami de la famille et ancien coéquipier de son frère. Il se trouve être aussi le nouvel entraîneur de Tennant, et l'homme le plus sexy sur lequel il ait posé les yeux.

La carrière de Jared Madsen a tourné court à cause d'une défaillance de son cœur, et être coach lui permet de rester proche du jeu. Lorsque Ten intègre l'équipe, son monde soigneusement organisé se retrouve en plein chaos. De neuf ans son cadet et frère de son meilleur ami, il sait que Ten est totalement hors limites, pourtant dès qu'il voit ses mouvements, sur et hors de la glace, il sent que son cœur pourrait lui causer de nouveaux problèmes.

Changer Les Limites (Harrisburg Railers 1)

Saga Railers Hockey / Saga Owatonna U

coécrite avec RJ Scott

Également par RJ Scott

Pour obtenir la liste complète des ebooks et des liens, scanne le
code ci-dessus ou visite le site: rjscott.co.uk/liste-de-livres

Également par VL Locey

Pour obtenir la liste complète des ebooks et des liens, scanne le code ci-dessus ou visite le site: vllocey.com/translations

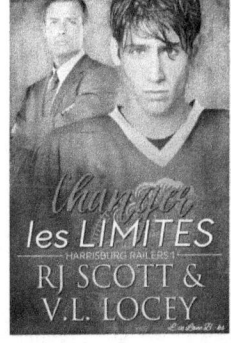

À Propos des Auteurs: RJ Scott

Le but de RJ Scott est d'écrire des histoires avec un cœur romantique, une route sinueuse pour atteindre le bonheur et surtout, ce soupçon de fin heureuse.

RJ est l'auteure de plus d'une centaine de romans publiés et est connue pour écrire des livres avec une fin heureuse.

Elle vit juste à l'extérieur de Londres et passe chaque minute où elle n'est pas avec sa famille à lire ou à écrire.

La dernière fois qu'elle a fait une pause d'écriture d'une semaine, elle a réellement détesté ça. Et elle doit encore trouver une bouteille de vin qui lui résistera.

Website: www.rjscott.co.uk

Newsletter: rjscott.co.uk/NL-FR

facebook.com/author.rjscott

x.com/Rjscott_author

instagram.com/rjscott_author

amazon.com/author/rj-scott

bookbub.com/authors/rj-scott

goodreads.com/rjscott

pinterest.com/rjscottauthor

À Propos des Auteurs: V.L. Locey

V.L. Locey aime porter des jeans usés, le yoga, les éclats de rire, marcher, lire et écrire des histoires puissantes, la mythologie grecque, les New York Rangers, les bandes dessinées et le café.

(Pas forcément dans cet ordre.)

Elle partage sa vie avec son mari, sa fille, un chien, deux chats, un tas de poules assorties et deux bœufs Jersey.

Lorsqu'elle n'écrit pas des romances épicées, elle aime passer sa journée avec sa ménagerie dans les collines de Pennsylvanie avec une tasse de café à la main.

Website: vllocey.com

Newsletter: vllocey.com/newsletter

facebook.com/124405447678452

x.com/vllocey

instagram.com/vl_locey

bookbub.com/authors/v-l-locey

goodreads.com/vllocey

pinterest.com/vllocey

amazon.com/author/vllocey

\